Das Buch

Papst Benedict XVI tritt zurück. Die Freundinnen Hilde, Rosi und Edeltraud, alle Ende Vierzig, beschließen spontan zur letzten Generalaudienz nach Rom zu fahren. Sie buchen eine Busreise und müssen entsetzt feststellen, dass auch der Gemeindepfarrer und dessen Haushälterin, die Moosleitner Elvira, mit von der Partie sind.
Am ersten Tag der Reise werden die drei Freundinnen doch tatsächlich an einem Rastplatz vergessen und beschließen darauf hin nach Rom zu trampen.
Zwei äußerst attraktive Globetrotter nehmen sie mit und es folgt eine Nacht die es in sich hat - die Mädels rauchen den ersten Joint ihres Lebens und sind am nächsten Tag überrascht, entsetzt und doch amüsiert, angesichts ihres frivolen, nächtlichen Treibens.

Auch bei der Reisebusgesellschaft läuft nicht alles nach Plan und das Entsetzen beim Pfarrer ist groß, als er nicht nur das Fehlen der drei Damen feststellt, sondern im weiteren Verlauf der Reise auch noch die Moosleitnerin verschwindet.

Und schließlich kommt der Tag der Generalaudienz in Rom und ein Treffen der vergessenen Damen mit der Reisegesellschaft scheint nicht unmöglich...

Witzig, spannend und überraschend!

Cornelia Reichert

Drei Weiber und der Papst

Roman

Bibliografische Information der Deutschen Nationalbibliothek.
Die deutsche Nationalbibliothek verzeichnet diese Publikation
in der Deutschen Nationalbibliografie;
detaillierte bibliografische Daten sind im Internet über
http://dnb.d-nb.de abrufbar.

Copyright © 2016 Cornelia Reichert - Autorin
Herstellung und Verlag: BoD - Books and Demand, Norderstedt
Alle Rechte vorbehalten. Das Werk darf - auch teilweise, nur mit
Genehmigung des Verlages wiedergegeben werden.
Printed in Germany
ISBN: 9783741224171

Alle Personen in diesem Buch sind frei erfunden, mit Ausnahme von Papst Benedict XVI natürlich.
Jede Ähnlichkeit mit tatsächlich lebenden Personen ist rein zufällig!

Für Sandra und Felix,
die wichtigsten Menschen in meinem Leben.
Ich liebe Euch.

Kapitel 1

Montag, 25.02.2013

"Ich glaub ich spinn, was will die denn da, fährt die auch mit?"

Mit einer kurzen Kopfbewegung deutete Hilde in Richtung des ankommenden Autos. Ihre beiden Freundinnen Rosi und Edeltraud drehten sich um, stöhnten auf und bekamen sofort den gleichen, genervten Gesichtsausdruck wie Hilde. Rosi schüttelte leicht ihren Kopf:

"Des gibt´s doch ned, die blöde Ratsch´n muss auch mit fahren oder? Mit wem fährt denn die?"

"Ja mit niemanden, wer soll denn mit der Moosleitnerin schon fahren? Des kann ich mir ja gar nicht vorstellen", zischte Edeltraud.

"Na hoffentlich kommt noch einer, nicht das die dann bei uns rumhängt. Des tät mir noch fehlen, da kannst wieder über nix reden, weil die ihre Löffeln überall hat", murmelte Hilde leicht stinkig mit Blick auf das Fahrzeug, dessen Beifahrertür sich öffnete und zwei kurze, stämmige Beine zum Vorschein brachte.

"Wenn ich scho die dicken, fetten Wasserfüß´ von der seh, da reicht´s mir scho wieder", angewidert schüttelte sich Hilde und drehte sich demonstrativ um.

Im stillen Einverständnis begannen die drei

Freundinnen, alle zwischen 48 und 50 Jahre alt, wieder zu plaudern, um bewusst Desinteresse an der Mitreisenden zu demonstrieren.

Dick eingepackt in ihre Daunenjacken standen sie an diesem kalten Morgen in einer kleinen Traube von Menschen vor dem Landshuter Hauptbahnhof und warteten auf ihren Reisebus.

Vor gut zwei Wochen hatten sie beschlossen die letzte Generalaudienz von Papst Benedict XVI zu besuchen. Sie waren zwar alle drei nicht extrem katholisch oder kirchentreu - einzig Edeltraud besuchte jeden Sonntag die Messe und mehr auch nicht - aber wenn schon mal ein Papst zurück tritt und ein bayrischer noch dazu, dann war das für die drei Damen Ehrensache, bei so einem historischen Ereignis dabei zu sein.

Ein kleines Reisebüro in ihrer Gemeinde bot die passende Busreise dazu an:

3 Tage Rom, 2 Übernachtungen inkl. Frühstück,
pro Pers. nur 199,- Euro!

25.02.13:
06.00 Uhr: Abfahrt von Landshut, Hbf.
20.00 Uhr: Ankunft Rom, Abend zur freien Verfügung
26.02.13:
10.00 Uhr: Besuch Generalaudienz, Petersplatz
anschl. Stadtrundfahrt Rom
Abend zur freien Verfügung
27.02.13.
09.00 Uhr: Abfahrt nach Landshut, Hbf.

Na wenn das kein Schnäppchen war!

Sie hatten sofort gebucht und freuten sich auf die drei Tage zusammen. Es war das erste Mal seit Jahren, dass sie wieder zusammen unterwegs waren. Allein. Ohne Männer. Ohne Familie.

Rosi, die größte von den dreien, deren langen blonden Haare meist zu einem Zopf gebunden waren, war in Sachen Liebe der Spätzünder von ihnen gewesen. Mit knapp vierzig hatte sie erst ihren Rolf geheiratet. Eigene Kinder waren nie ein Thema gewesen, da sie beide keine "alten" Eltern sein wollten.

Anders verhielt es sich bei Hilde. Die kleinste, etwas moppelige und quirligste von ihnen war schon seit 27 Jahren mit Hannes verheiratet. Sie hatten zwei erwachsene Söhne. Hildes Markenzeichen, wenn man so will, waren ihre kurzen blonden Naturlocken, die widerspenstig in alle Richtungen vom Kopf abstanden und immer zu wackeln begannen, sobald sie sich aufregte oder zu schimpfen begann - und das passierte schon gelegentlich.

Edeltraud, ruhig und unscheinbar, war der etwas biedere Typ. Sie machte sich nichts aus Mode oder Make up. Ihre schulterlange Wasserwelle begleitete sie schon seit ihrer Schulzeit. In letzter Zeit allerdings durchzogen immer mehr silbrige Strähnen die dunkle Pracht. Mit ihrem Mann Georg war sie über 32 Jahre verheiratet (der erste und einzige Mann in ihrem Leben). Sie hatten eine Tochter und auch schon ein Enkelkind.

Von Geburt an lebten die drei schon in dem kleinen niederbayerischen Ort Rimmshausen, welcher auch Mittelpunkt ihrer gemeinsamen Freizeitaktivitäten war. Da gab´s die typischen Vereinsgeschichten, wie den Kegelclub, den katholischen Frauenbund, den Schützenverein, die Feuerwehr und auch einen Hasenzüchterverein. Für die Gesundheit traf man sich wöchentlich im ansässigen Wirtshaus im Nebenraum und schwitzte bei Yoga, Quigong und der Rückenschule.
Müßig zu erwähnen, dass stets dieselben Teilnehmer und Mitglieder in den Vereinen und Kursen zu finden waren. Wie das halt so ist auf dem Lande.
Da kann man schon verstehen, welch Vorfreude die Reise nach Rom bei den drei Freundinnen ausgelöst haben musste.
 Bis eben halt, als die unerwartete Ankunft der Moosleitnerin ihre Stimmung ziemlich trübte.

 Da standen sie also, um sechs Uhr morgens am Bahnhof und übten sich in gezwungener Konversation. Sie hörten eine Autotür zuschlagen und zeitgleich begann das Geschrei, als der Wagen los fuhr:
 "Ja halt, stehen bleiben!"
 Alle Busreisenden drehten sich zum Geschehen auf dem Parkstreifen um. Sie sahen eine kleine, feste und ziemlich robust wirkende Frau, die mit ihrer Handtasche zweimal auf das Dach des mittlerweile wieder stehen gebliebenen Fahrzeuges eindrosch.
 Sie brüllte über den ganzen Bahnhof:
 "Ja sag a mal spinnst du? Mei Tasche is doch no drin."

Sie stapfte zum Kofferraum und trat dabei noch einmal kräftig nach dem hinteren Autoreifen, "kruzifix noch a mal, so ein Depp."

Schimpfend und zeternd holte sie ihr Gepäck und blieb damit auf dem Gehweg stehen. Der Fahrer fuhr, ohne eine weitere Regung, davon.

"Der hat Recht, eigentlich hätte er gleich weiter fahren sollen, dann hätte sie schau´n können, wie sie an ihr Zeug kommt."

Hilde schüttelte den Kopf und konnte wieder einmal nicht verstehen, wie ein Mann so etwas schon über 30 Jahre erdulden konnte.

Rosi nickte zustimmend:

"Der werd froh sein, dass er ein paar Tage seine Ruhe hat."

"Mhm, wahrscheinlich sitzt er jetzt jeden Tag beim Wirt und trinkt gemütlich seine Apfelschorlen. Mein Gott, so ein braver Mann und so eine Furie dazu, des is echt a Wahnsinn, oder?", meinte Edeltraud und blickte wieder in Richtung Gehweg.

Somit war sie auch die erste, die das nächste ankommende Fahrzeug, ein Taxi, erblickte.

"Ah geh, des kann jetzt aber ned sei."

Ruckartig drehten sich die beiden anderen Köpfe um und Hilde konnte es kaum glauben: "du spinnst oder...."
Rosi stand mit offenem Mund da und konnte gar nichts sagen. Sie hatte sich so auf diese Kurzreise gefreut. Auf das Ratschen und auch mal Lästern mit ihren Freundinnen. Auf den Dosenprosecco, das Herumalbern und Gackern, wie es eben nur mit Frauen geht. All das

sah sie nun in Anbetracht des weiteren Gastes schwinden. Na das würde ein Trip werden!

Hilde, die ähnlichen Gedanken nachhing, meinte flüsternd: "na super, da können wir uns ja ned a mal a bisserl betrinken, ohne schlechtes Gewissen."

Fassungslos beobachteten sie das weitere Geschehen, als die Moosleitnerin mit schriller Stimme los legte:

"Mei, guten Morgen Herr Pfarrer, sans auch scho da? Sie ich freu mich schon so, ich kann´s gar nicht sagen."

Der Geistliche stieg aus dem Taxi und nahm seinen kleinen Koffer vom Fahrer in Empfang.

"Ihnen auch einen schönen guten Morgen Frau Moosleitner."

"Habens hoffentlich alles dabei, Herr Pfarrer?"

"Ja, ja ich denk schon, sie haben ja alles schon so wunderbar vorbereitet. Hab´s ja nur noch einpacken müssen. Vergelts Gott noch einmal, gell."

"Ach", winkte diese ab, "des hab ich doch gern gemacht."

Grinsend drehte sie sich um, um zu sehen ob auch alle ihren Dialog mit dem werten Herrn Pfarrer mitbekommen hatten. Auch der Gottesmann blickte in Richtung der Mitreisenden:

"Oh, was seh ich denn da? Da sind ja weitere Schäfchen aus unserer Gemeinde, wie schön", lächelnd ging der Pfarrer auf die drei Freundinnen zu.

Hilde, die das lange Gesicht der Moosleitnerin sah, weil der geschätzte Hochwürden ihr einfach so den Rücken kehrte, nutzte doch gleich die Gelegenheit um noch ein bisschen mehr Öl in´s Feuer zu gießen. Übertrieben freundlich meinte sie:

"Ja der Herr Pfarrer, mei des is ja eine Überraschung. Guten Morgen, ja wie wir uns freuen, sie zu sehen."

"Guten Morgen Hilde, die Überraschung ist ganz auf meiner Seite", lächelnd schaute er Rosi und Edeltraud an, "auch ihnen einen schönen guten Morgen die Damen, des freut mich aber, dass sie diese beschwerliche Reise für unseren Papst auf sich nehmen. Wir sitzen ja doch die meiste Zeit im Bus, gell."

Die beiden murmelten einen Gruß zurück und Rosi hoffte, dass er sich bald wieder zu der Moosleitnerin gesellen würde, damit sie ihre Ruhe hatten. Dieser Wunsch wurde aber jäh zerstört, als diese samt ihrem Gepäck auch schon neben ihnen stand.

"Guten Morgen ihr drei, mei ich hab euch gar nicht gesehen, weil ich mich schon so auf die Ankunft des Herrn Pfarrer gefreut hab. Des hat man ja nicht alle Tage, gell, dass der Herr Pfarrer mit einem eine Reise macht und einen Herzenswunsch erfüllt. Mei ich bin schon so aufgeregt."

Dabei fächelte sich übertrieben mit der Hand Luft zu.

"Ja die Moosleitnerin", tat Hilde ganz überrascht und grinste frech, "wo kommst du denn jetzt her, ja des is aber schön dass du auch mitfährst. Du, wir haben dich auch gar nicht bemerkt. Wir sind da jetzt so rum gestanden und haben geratscht und vor allem die Ruhe an diesem schönen Morgen genossen. Ist ja noch nix los weißt, kein Verkehr, kein Geschrei von irgendwelchen Leuten und so, verstehst was ich mein."

Das Grinsen der Moosleitnerin wandelte sich in ein leicht angestrengtes Lächeln mit verkniffenen Augen und schmalen Lippen. Angestachelt von dieser Veränderung kam Hilde jetzt so richtig in Fahrt:

"Mensch Herr Pfarrer, da könnens doch neben einer von uns sitzen. Wir haben ja noch einen Platz frei, weil wir nur zu dritt sind. Des wär doch schön Mädels oder? Da können wir uns in Ruhe ein bisserl unterhalten Herr Pfarrer, man kommt ja sonst nie dazu. Na was meinens?"

Hochwürden, immer noch etwas irritiert von dem vorherigen Schlagabtausch zwischen der Hilde und der Moosleitnerin, stotterte, "ja ich weiß nicht, eigentlich habe ich ja mit der Frau...".

"Ach bitte Herr Pfarrer, wir täten uns so freuen", schmeichelte Hilde mit zuckersüßer Stimme.

"Na wenn sie mich so nett bitten, liebe Hilde, dann soll es so sein."

Er drehte sich zur Moosleitnerin um, "ja meine Liebe was meinen sie? Sie können sich ja auch bei uns dazu setzen, dann sind alle Schäfchen zusammen. Schön nicht."

"Ja genau", stimmte Hilde freudestrahlend zu, "und wenn sie Glück hat, hat sie zwei Sitzplätze für sich alleine, dann kann sie auch mal ihre Beine hoch legen, die schwellen doch immer gleich so an gell, mit dem ganzen Wasser und so."

Rosi schnappte nach Luft und blickte entsetzt zu Edeltraud, die auch ganz entgeistert an Hildes Lippen hing.

Der Herr Pfarrer schaute kurz in die Runde und meinte dann räuspernd: "äh, ja, schön dann hätten wir das geklärt. Dann sehen wir uns später, ich möchte noch gerne die anderen Teilnehmer etwas kennen lernen."

Die Moosleitnerin schaute verkniffen eine nach der anderen an und murmelte kaum verständlich beim weggehen, "blöde Weiber".

"Was meinst?", rief Hilde ihr noch schnippisch hinter her und drehte sich kichernd wieder um.

Edeltraud konnte noch gar nicht fassen was eben passiert war und motzte Hilde an:

"Sag mal spinnst du? Wie kannst denn des machen?"

"Ja was denn? Wenn die uns so blöd kommt, von wegen sie hat uns nicht gesehen und dann noch so falsch grinsend und wie die den Pfarrer immer anschleimt, da könnt ich kotzen, echt."

"Und ich könnt kotzen, weil wir jetzt zum Pfarrer auch noch die Moosleiterin bei uns haben", zischte Rosi wütend, "ganz toll, am liebsten würd ich scho gar nimmer mit fahren."

"Ich auch nicht", jammerte Edeltraud, "ich hab mich so auf einen Weiberratsch mit euch gefreut, aber jetzt..."

"Jetzt stellts euch halt ned so an, vielleicht wird´s ja trotzdem ganz lustig."

"Des glaubst aber auch nur du", murmelte Rosi, griff nach ihrer Reisetasche und ging mürrisch zum mittlerweile eingetroffenen Bus um ihr Gepäck einzuladen.

Edeltraud folgte ihr mit einer ebenso schlechten Laune und Hilde musste sich mit einem tiefen Seufzer eingestehen, dass sie selbst auch nicht gerade begeistert war von ihrer Idee. Wenn diese blöde Moosleitnerin sie aber auch immer gleich so auf die Palme bringen musste!

Der Busfahrer stellte sich als Erwin vor und half allen recht nett beim einladen und stapeln der Koffer und Taschen.
Edeltraud stieg als erste von den fünf Schäfchen aus Rimmshausen in den Bus. Sie war immer noch so wütend, dass sie einfach bis ganz hinten durch stapfte ohne die anderen Reiseteilnehmer zu grüßen. Als sie vor der Rückbank stand, wurde ihr bewusst, dass das auf keinen Fall ginge, da säßen sie ja alle neben einander. Also nahm sie den Platz in der vorletzten Reihe, setzte sich an´s Fenster und wartete auf die anderen. Rosi kam als nächste und ließ sich mürrisch neben Edeltraud in den Sitz fallen.

Als die Fahrt los ging, waren Hilde und der Herr Pfarrer auf der anderen Seite neben ihnen und die Moosleitnerin davor. Sie hatte doch tatsächlich den Sitz bzw. die beiden Sitze für sich alleine. Die Sitze neben ihr, also vor Rosi und Edeltraud, blieben unbesetzt, wie auch die letzte Reihe , sodass Rosi kurz überlegte, sich nach ganz hinten zu setzen, um möglichst weit weg von diesem Wahnsinn zu sein. Aber nach einem kurzen Blick nach links, wo der Herr Pfarrer wichtig mit Hilde, die am Fenster saß, über das bevorstehende Ereignis diskutierte, beschloss sie, dass sie sich wenigstens mit Edeltraud zu zweit amüsieren konnte. Geschah der Hilde nur recht, hoffentlich kaute Hochwürden noch die ganze Bibel mit ihr durch!

Erwin machte die erste Durchsage, begrüßte die Gäste und erklärte ihnen, dass sie zunächst nach München zum

Hauptbahnhof fuhren, da dort noch die Reiseleitung und weitere Gäste abzuholen waren und dann ginge es weiter nach Rom. Er wies darauf hin, dass die Toilette im Bus leider defekt war, aber ausreichend Pausen eingeplant wären, um diesem Problem Herr zu werden. Die genauen Zeitangaben würden sie dann von der Reiseleitung erfahren.

"Na darauf trinken wir doch gleich mal einen."

Rosi kramte aus ihrer Handtasche zwei Dosenprosecco hervor und hielt eine davon Edeltraud hin.

"Genau des brauch ich jetzt, danke. Vielleicht werden wir dann ein bisschen ruhiger."

Rosi spürte den Blick von Hilde auf sich gerichtet, schaute aber demonstrativ nicht zurück und trank gleich mal die halbe Dose auf Ex. Auf nach Rom!

Kapitel 2

Elvira Moosleitner machte es sich auf ihren beiden Sitzen bequem. Wenn Hilde wüsste, was für einen Riesengefallen sie ihr getan hatte, indem sie ihr den Pfarrer "abgenommen" hat. Sie wusste ganz genau, dass die drei Weiber die Busfahrt lieber ohne die Gesellschaft des Hochwürden verbringen wollten. Da war der Hilde wieder einmal ihre große Klappe selbst im Weg gewesen. Nun konnte die sich mit dem Pfarrer herumschlagen. Ja, manchmal und nur manchmal meinte es das Schicksal auch gut mit Elvira. Zufrieden lächelnd kuschelte sie sich in ihren Sitz und legte tatsächlich die Beine hoch auf den freien Platz neben sich, nur um die Hilde zu ärgern und hing ihren Gedanken nach.

Sie konnte noch gar nicht richtig glauben, dass diese Reise wirklich statt fand. Nie hätte sie sich träumen lassen, einmal aus Rimmshausen weg zu kommen. Weg vom Hof, von der damit verbundenen Arbeit, weg vom Franz, den sie abgrundtief hasste und vor allem weg von der Kirche und all den scheinheiligen sogenannten Schäflein ihres Pfarrers. Weg vom Pfarrer? Nein. Gegen den Geistlichen war nichts zu sagen. Er war der einzige Mensch im Ort, der sich immer nach ihrem Befinden erkundigte. Seit vielen Jahren schon war sie seine Hauswirtschafterin und liebte diese Arbeit. Es war ihre

Zuflucht von zu Hause. Jeden Tag blieb sie länger als nötig, einfach um zu vergessen. Ihr war auch bewusst, dass ihr Chef das längst durchschaut hatte und einfach so tolerierte. Wenn sie das dritte Mal in der Woche Staub wischte oder die Küchenschränke öfter als nötig aus- und umräumte oder die Fenster nach jedem Regen neu putzte, dann bedachte er sie immer mit einem warmen Lächeln und beteuerte, wie fleißig sie doch war und dass der liebe Herrgott es ihr danken würde. Ja, der liebe Herrgott....wenn der wüsste, bzw. er wusste ja bereits - schließlich sah er doch alles oder?

Ihr Herr Pfarrer sah in jedem Menschen nur das Gute und war überzeugt davon, dass seine Gemeinde aus vielen treu schaffenden und herzensguten Menschen bestand. Elvira konnte es ihm nicht verdenken, wie sollte er auch ein echtes Bild von den Rimmshausenern bekommen, wenn diese, sobald der Pfarrer in der Nähe war, ihr falsches Lächeln aufsetzten und von einer Sekunde auf die andere ganz fromm und heilig wurden. Es gab zwar kurze Momente, in denen Elvira überlegte, ob Hochwürden das Ganze nicht doch durchschaute. Diese Überlegungen machte er jedoch immer ganz schnell zu Nichte, indem er sich von den Schlimmsten und Scheinheiligsten von allen zum Kaffee einladen ließ. Aber sie wollte nicht schlecht von ihrem Chef denken. Ohne ihn wäre diese Reise für sie schließlich nie Wirklichkeit geworden.

Die Radionachricht vom Rücktritt des hl. Vaters hatte sie beide in der Küche des Pfarrhauses überrascht, als

Elvira gerade abspülte und der Herr Pfarrer noch einen Kaffee bei ihr trank. Für kurze Zeit war die Zeit stehen geblieben. Der Pfarrer hielt die Tasse, von der er gerade trinken wollte, noch in der Luft und Elvira erstarrte mit einem Teller in der einen und dem Geschirrtuch in der anderen Hand. Fassungslos und erstaunt zugleich sahen sich die beiden an. Während der Pfarrer seine Tasse absetzte, fand Elvira als Erste ihre Sprache wieder und wollte wissen, ob das denn überhaupt möglich sei. So etwas habe sie ja noch nie gehört. Ja scheinbar schon, meinte Hochwürden, sonst würde das der Heilige Vater doch nicht machen. Darauf hin setzte sich Elvira mit an den Küchentisch und fing an, alles was ihr durch den Kopf wirbelte auszusprechen. Unglaublich sei das, was da wohl vorgefallen war? Eine Intrige? Verschwörung? Ob die im Vatikan auch Mobbing machten? Vielleicht wusste er zu viel? War er krank? Ob gar die Mafia dahinter steckte? An diesem Punkt erwachte der Pfarrer wieder aus seiner Erstarrung. Elvira solle doch bitte ihre Phantasie etwas zügeln, von wegen Mafia und so. Es gäbe bestimmt einen triftigen Grund, den man sicher auch noch erfahren würde. Und dann erzählte er, dass es immer sein größter Wunsch gewesen war, einmal live bei einer Messe von Papst Benedikt XVI dabei zu sein. Wie so viele glaubte auch er, dass der Papst noch viele Jahre im Amt sein würde und so hatte er den Wunsch, wie das meist so ist, immer weiter vor sich her geschoben. Und nun war es zu spät. Richtig niedergeschlagen saß er am Tisch und stierte in seine Kaffeetasse. Elvira bekam echtes Mitleid mit ihrem Chef. Um ihn etwas aufzumuntern plapperte sie darauf los, dass es ja noch nicht zu spät sei. Man könne doch bestimmt in Erfahrung bringen, ob und wann er noch Messen gab. Dann solle sich der Herr Pfarrer doch einfach ein paar Tage frei nehmen und die Gelegenheit beim Schopfe packen. Und außerdem gab´s doch bestimmt für die Gläubigen auf der ganzen Welt noch so etwas wie einen Abschied vom Papst.

Darauf hin sah der Herr Pfarrer Elvira ganz erstaunt an und meinte, dass sie recht habe. Bestimmt kommt noch eine Messe auf dem Petersplatz oder so ähnlich. Freudig bedankte er sich bei seiner Haushälterin und machte sich auf den Weg in sein Büro um die nötigen Informationen dazu einzuholen.

Ein paar Tage später verkündete er ganz stolz, dass er im Reisebüro eine Busfahrt nach Rom zur letzten Messe vom Papst gebucht hatte.

Elvira, die in der Zwischenzeit auch ihre Recherchen betrieben hatte, wusste das natürlich schon längst und hatte auch schon einen Plan, denn so eine Gelegenheit würde sie nie wieder bekommen.

Ganz bedröppelt stand sie vor dem Pfarrer und versuchte ein mitleidiges und trauriges Gesicht zu machen. Sie seufzte schwer und erklärte, dass sie sich wahnsinnig für ihren Chef freute, dass er so ein Glück habe, dass noch erleben zu dürfen. Wie gern würde sie den Papst auch einmal sehen, den Petersplatz, aber ihr Franz wollte ja nicht verreisen, weil das alles so viel Geld kostet und so würde sie eben zu Hause bleiben müssen und hoffentlich eine Fernsehübertragung zu sehen bekommen. Ganz theatralisch ließ sie ihre Schultern und den Kopf hängen und schlurfte davon. Der Pfarrer, etwas erstaunt über den Gefühlsausbruch seiner Angestellten, aber auch von der übertriebenen Sparsamkeit des Franz Moosleitner im Bilde, überlegte nur kurz um ihr dann einen Vorschlag zu machen. Das Elvira genau damit, nämlich mit der Gutmütigkeit des Pfarrers gerechnet hatte, konnte dieser nicht wissen. Ihr schlechtes Gewissen meldete sich leise, aber nur ganz leise. Sie ignorierte es einfach. Kurz dachte sie noch daran, bei Gott um Verzeihung zu bitten wegen der kleinen Flunkerei, entschied sich aber dagegen. Schließlich hat der sogenannte Gott ihr auch nicht geholfen, als sie ihn am dringendsten gebraucht hätte...

So kam es, dass Hochwürden die Fahrt als Dienstreise deklarierte, seiner Angestellten Urlaub gab und diese als engste Vertraute auf die Reise mitnahm.

Dass die anderen drei Schnepfen vom Dorf jetzt auch dabei waren, konnte sie natürlich nicht wissen. Nach dem ersten Schreck in der Früh, als sie die drei am Busbahnhof stehen sah, fing sie sich jedoch schnell wieder und ihr war klar, dass es nur galt die Busfahrt einigermaßen zu überstehen und ihre Rolle als Moosleitnerin weiter zu spielen, dann hatte sie es geschafft: Ihr Glück in der ewigen Stadt Rom, wer hätte das gedacht?

Mit hunderttausend Schmetterlingen im Bauch und einer unbändigen Vorfreude auf die nächsten Tage schlief sie selig im Bus ein.

Kapitel 3

Hilde hatte sich zähneknirschend ihrem Schicksal ergeben. Sie lauschte den Ausführungen und Vermutungen des Herrn Pfarrer, warum der Heilige Vater wohl diesen Schritt vollzogen hatte und gab an Stellen, von denen sie meinte der Pfarrer warte auf eine Antwort von ihr, geistreiche "Ahas", "Jajas" und "Nein echt?" von sich. Nach einer guten halben Stunde Fahrt wurde der Gottesmann etwas ruhiger und lehnte sich entspannt in seinen Sitz zurück um etwas die Augen zu schließen. Hilde, deren Kopf noch ziemlich schwirrte, stieß ein kleines Stoßgebet zum Himmel, dass Hochwürden vielleicht ein kleines Nickerchen machen würde und versuchte durch intensiven Blickkontakt Rosi auf sich aufmerksam zu machen. Sie wollte sich um Gottes Willen nicht mehr als nötig bewegen, damit der Pfarrer schön eindösen konnte.

Rosi spürte tatsächlich den Blick, sah aus Reflex zur Seite und konnte die Handbewegung von Hilde sehen, die ihr andeutete, dass sie etwas zu trinken wollte.

Erleichtert sah Hilde, dass ihre Freundin lächelnd in ihrer Tasche zu kramen begann. Dann war sie ihr also schon gar nicht mehr so böse. Hilde entspannte sich merklich und dachte, dass es trotz alledem bestimmt noch eine schöne Reise werden würde. Vorsichtig griff sie am Pfarrer vorbei zu der ausgestreckten Hand von Rosi um den Prosecco entgegen zu nehmen. Mann, den hatte sie sich jetzt aber auch verdient. Erstaunt sah sie auf die kleine Wasserflasche, die nun in ihrer Hand lag. Sie schnappte kurz nach Luft und funkelte Rosi böse an. Mit den Lippen formulierte sie lautlos, dass sie einen Prosecco möchte, doch Rosi zuckte nur die Schultern, machte ein entschuldigendes Gesicht und drehte sich wieder zu Edeltraud um. Hilde hätte sie am liebsten beschimpft, doch um des Hochwürden seligen Schlafes Willen ließ sie die Worte stecken und schob das Wasser vor lauter Wut auch gleich in ihre Tasche. Die Blöße würde sie sich nicht geben und Wasser trinken, ja wo gibt´s denn so was? Beleidigt lehnte nun auch sie sich zurück und schloss die Augen um etwas Schlaf vorzutäuschen.

"Des war jetzt aber schon a bisserl gemein, oder?", murmelte Edeltraud und deutete in Richtung Hilde.
"Ja, aber nur a bisserl", flüsterte Rosi, "die soll ruhig noch ein bisschen leiden, vielleicht lernts dann mal, dass sie erst einmal nachdenkt, bevor sie ihre große Klappe aufreißt."
"Des wirst aber nicht mit Alkoholentzug schaffen", kicherte Edeltraut.
"Wahrscheinlich nicht", grinste Rosi, "prost".
Sie stießen mit ihren Proseccos an und hatten schon fast wieder ihre gute Laune zurück.

Der Reisebus erreichte um acht Uhr den Münchener Hauptbahnhof. Es stiegen noch vier Mitreisende und die Reiseleitung zu, somit war die Gesellschaft komplett. Der Bus war gut besetzt, einzig die letzte Reihe und die Sitze vor Rosi und Edeltraud blieben vollständig leer. Es ging weiter in Richtung Autobahn.

Kein leichtes Unterfangen. Wer schon einmal in den Genuss des morgendlichen Berufsverkehrs in München gekommen ist, der kennt das. Stopp-and-Go am Mittleren Ring und jede Menge Ampeln, welche grundsätzlich immer rot anzeigten. Das Ganze gepaart mit den tollen "Helden" die täglich unterwegs waren und ständige Spurwechsel vollzogen, schließlich könnte es ja auf der anderen Spur ein Sekündchen schneller gehen. Ganz beliebt auch die "Superhelden", die an Autoschlangen einfach vorbei fuhren, um sich dann vorne irgendwo noch rein zu quetschen. Immer schön zu beobachten, wenn manche dann auf stur schalten und keine Lücke preis geben. Da kann man die verschiedensten Huptöne hören und so manch einer hat Blutdruckwerte, die jeden Arzt in Alarmbereitschaft versetzen würden.

Erwin jedoch ließ sich nicht aus der Ruhe bringen und steuerte die Gesellschaft routiniert und gelassen durch den Verkehr. Nach einer guten Stunde erreichten sie die Autobahn und der Bus fuhr nun stoisch und gleichmäßig dahin. Die Dame vom Reisebüro machte ihre erste Ansage und stellte sich über das Mikrophon als Frau Küberlinger vor.

Man dürfe aber gerne Küberl zu ihr sagen, hi hi, unter diesem Spitznahmen sei sie in der hiesigen Branche schließlich bestens bekannt. Sie erklärte weiter, dass die erste Pippipause, hi hi, kurz nach der österreichischen Grenze geplant sei und hoffe, dass die Gäste es bis dahin mit dem, hi hi, wässern, aushalten würden. Dann wäre das erste Etappenziel schon erreicht, hi hi. Bis dahin wünsche sie nun allen eine schöne und angenehme Fahrt und sie werde sich dann kurz vorm Ziel wieder melden, hi hi. Und vielleicht döst der ein oder andere ja ein wenig und träumt ein bisschen vom Heiligen Vater, gell, hi hi.

Rosi schaute mit aufgerissenen Augen und offenem Mund zu Edeltraud und flüsterte:

"Was is denn des? Wo habens denn die raus lassen?"

"Ja", meinte ihre Freundin ganz locker, "ich glaub, des Küberl hats nimmer alle in ihrem Stüberl".

Nun zeigte der Prosecco seine erste Wirkung und die beiden fingen an zu kichern wie zwei kleine Kinder. Sie konnten nicht mehr aufhören und wurden immer lauter bis sie einen regelrechten Lachanfall bekamen und Mühe hatten Luft zu holen. Sie versuchten krampfhaft sich zu beruhigen, da sich die ersten Gäste schon nach ihnen umdrehten und missbilligend den Kopf schüttelten.

Als sie sich wieder halbwegs im Griff hatten, schaute Rosi zufällig nach links zur Hilde und sofort kam der nächste Lachflash. Edeltraud wusste zunächst nicht was los war, bis ihr Rosi den Blick zu den Sitznachbarn und somit zu einem unglaublichen Bild frei gab. Edeltraud hielt sich die Hand vor den Mund, sog die Luft ein und machte gleichzeitig ein angewidertes Gesicht.

"Iihh, des gibt´s doch ned, oh mein Gott..."
Rosi schüttelte sich vor lachen, kramte zeitgleich in ihrer Tasche um ihr Handy hervor zu holen um das Bild für immer fest zu halten. Hoch konzentriert schoss sie das Foto und kontrollierte auch gleich, ob es richtig scharf war, denn das war das Bild des Jahres!
Hilde kam langsam wieder zu sich. Sie war wohl tatsächlich ein wenig eingeschlafen aber irgendetwas hatte sie geweckt. Sie erinnerte sich an dumpfes lachen, ein kurzes, grelles Licht und wieder lachen. Sie blinzelte ein paar Mal und war nun richtig wach und konnte das Lachen als das ihrer beiden Freundinnen ausmachen.

Sie wollte sich gerade etwas recken und durchstrecken, als sie an der rechten Schulter einen komischen Druck verspürte. Sie drehte den Kopf und sah auf das lichter werdende Haupthaar des Herrn Pfarrer. Ungläubig starrte sie darauf und sortierte erst einmal ihre Gedanken. Hochwürden hatte versucht, ihr die Geheimnisse der Kirche zu offenbaren und war dann eingeschlafen. Genau und irgendwann als sie auch schon träumte, musste sein Kopf an ihre Schulter gesunken sein. Na ganz toll! Sie versuchte sich langsam und mit bedachten Bewegungen in eine aufrechtere Sitzposition zu bringen. Dabei ließ sie ihre rechte Schulter ein paar mal sachte nach oben und unten kreisen, in der Hoffnung, dass der Pfarrer aufwachen oder zumindest seinen Kopf wieder von ihr weg drehen würde. Hochwürden aber hatte so einen schönen, festen und tiefen Schlaf, dass er sich noch mehr an Hilde kuschelte und nun auch noch seinen rechten Arm um ihre Hüfte schlang.

Angewidert blickte Hilde an sich herunter und wollte schon seinen Arm vorsichtig zurück legen, als sie sich des Kicherns ihrer Freundinnen wieder bewusst wurde. Verzweifelt schaute sie zu diesen und formulierte lautlos und mit aufgerissenen Augen ein "suuuper".

Rosi, der mittlerweile schon die Tränen aus den Augen liefen, deutete auf den Schlafenden, legte den Kopf schief, öffnete leicht den Mund, ließ die Zunge ein bisschen raus hängen und fuhr mit dem Finger vom Mundwinkel in Richtung Kinn, um anzudeuten, dass Hochwürden gerade auf Hildes Pullover sabberte.

Dann passierten mehrere Dinge gleichzeitig: Hilde fuhr mit einem erschrockenen Aufschrei nach oben, des Pfarrers Haupt wurde durch die ruckartige Bewegung auf die andere Seite geschleudert, seine Brille verschob sich, hing nun schräg im Gesicht und mit einem erschrockenen "Uuff" wachte er auf.

Hilde rubbelte mit ihrem Ärmel angewidert über den kleinen, nassen Fleck auf ihrer Schulter und der Herr Pfarrer schmatze ein paar mal mit seinen Lippen, putzte schlaftrunken seine Mundwinkel ab und setzte die Brille wieder gerade. Mit leicht geröteten Wangen und einem verlegenen Grinsen meinte er:

"Ach du liebe Güte, da bin ich wohl tatsächlich eingeschlafen. Na sowas."

Hilde nickte nur kurz und deutete ein schiefes Grinsen an, welches ihre Augen jedoch nicht erreichte. Sie drehte sich nach links und stierte angestrengt aus dem Fenster. Sie hatte jetzt überhaupt keine Lust auf ein weiteres Gespräch mit dem Pfarrer und schon gar nicht wollte sie wieder von ihren Freundinnen ausgelacht werden. Ziemlich frustriert und mit einem langen, tiefen Seufzer dachte sie an die vielen Stunden Fahrt, die noch vor ihr lagen. Na toll, so hatte sie sich das nicht vorgestellt. Eigentlich wollte sie mit Rosi und Edeltraud die lange Fahrt nutzen, um wieder einmal richtig schön zu ratschen, lachen und Spaß zu haben. Aber jetzt? Jetzt hatte sie den Pfarrer an der Backe, die anderen beiden verarschten und lachten über sie und das Ganze auch noch mit der Moosleitnerin im Schlepptau. Prima! Sie hatte schon gar keine Lust mehr auf die Reise. Am liebsten wäre sie sofort wieder heim gefahren. Schöner Mist. Irgendwie war alles schief gelaufen.

Kapitel 4

Elvira Moosleitner schreckte aus dem Schlaf, als ein vorbeifahrendes Auto lautstark hupte.

Sie räkelte sich kurz mit einem leichten Lächeln auf den Lippen. Mei was hatte sie gut geschlafen. Schön ist so eine Reise, vor allem wenn man gleich zwei Plätze im Bus zur Verfügung hatte. Sie blickte sich kurz um, lächelte dem etwas zerzaust wirkenden Pfarrer an und wunderte sich kurz darüber, dass die anderen drei Weiber ziemlich ruhig in ihren Sitzen hingen. Sie war eigentlich davon ausgegangen, dass spätestens auf der Autobahn die ersten Sektflaschen die Runde machten und das Geschnatter lauter werden würde. Innerlich die Achseln zuckend kuschelte sie sich ans Fenster, froh über die unerwartete, angenehme Ruhe hinter ihr und merkte, wie sich schon wieder eine unbändige Vorfreude in ihrer Magengegend breit machte. Das Gefühl wurde immer stärker und drückender bis Elvira bewusst wurde, dass das ihre Blase war die sich da meldete. Na super. Sie steckte ihren Kopf zwischen die beiden Vordersitze und fragte die beiden älteren Damen, die da saßen, ob sie wüssten, wann denn die erste Pause angedacht sei.

"Ja kurz hinter der österreichischen Grenze halt, das hat doch der Kübel da vorne schon gesagt", kam es von der linken Seite.

"Was? Welcher Kübel?" Elvira war etwas verwirrt, als die andere Seniorin meinte:

"Hannelore! Jetzt sei halt ned immer so." Sie drehte sich zu Elvira und meinte entschuldigend: "nehmens des bitte nicht so ernst, des ist nicht böse gemeint, gell? Die Hannelore ist halt immer ein bisserl direkt."

"Mhm, und von was für einem Kübel hat sie jetzt gesprochen?" meinte die Moosleitnerin immer noch etwas irritiert.

"Na von der Reiseleitung, der Frau Küberlinger natürlich, die hat doch selbst gesagt, dass wir sie Küberl nennen dürfen nicht wahr?"

"Ach so, das hab ich wohl verschlafen."

"Ja schön, wenn man noch so einen festen Schlaf hat, gell Hannelore?"

"Pah, schlafen, ich hab keine Zeit mehr zum schlafen, ich muss meine restliche Zeit noch nutzen und die knackigen Burschen auf der Welt noch begutachten."

Sie kicherte belustigt auf und raunte der Moosleitnerin zu, "darum fahr ich mit nach Rom, ned wegen dem Papst, wen interessiert denn der, der is ja scho älter als wir. Nein, wegen die Italiener! Braungebrannte, rassige, heißblütige Chicos! Mama mia!"

Sie lachte laut auf und versetzte ihrer Nachbarin einen ordentlichen Stubs.

"Des werd a Gaudi, ha Maria!"

Diese schüttelte den Kopf, konnte sich aber ein Grinsen nicht verkneifen und meinte nur tadelnd:

"Hannelore, Hannelore."

Während dem Geplänkel der beiden Damen verstärkte sich der Druck bei Elvira und es war klar, dass sie bestimmt nicht bis Österreich warten könnte, nein, das würde sie nicht aushalten. Ab einem gewissen Alter ist das nicht mehr möglich. Da musste sie wohl oder übel die Bustoilette nehmen.

Sie krabbelte umständlich von ihren Sitzen und wankte zur Toilette. Als sie die Türe öffnen wollte, wurde sie von den Mitreisenden etwas ruppig darauf hingewiesen, dass der Busfahrer eingangs doch schon erwähnt hatte, dass das Klo kaputt ist. Mist! Das hatte sie ganz vergessen.

Mürrisch nahm sie wieder Platz und versuchte nicht an ihre Blase zu denken. Doch es wurde immer schlimmer, jetzt rächten sich eben die drei Tassen Kaffee, die sie am Morgen noch getrunken hatte, um ihre Aufregung besser zu verbergen.

Am liebsten wäre sie ja in der Früh singend und tanzend durchs Haus gelaufen. Damit jedoch ihr Mann nicht argwöhnisch wurde, spielte sie ihre Rolle weiter. Wie immer halt. Seit über 30 Jahren. Und wie jeden Morgen hatte sie vor dem Aufstehen davon geträumt, einfach durch die Haustüre zu gehen und los zu marschieren, das Gesicht der Sonne zugewandt und frei sein. Herrlich. Und nun sollte es soweit sein, sie konnte es immer noch nicht so recht glauben. Endlich frei, endlich weg von daheim, endlich leben! Sie fühlte sich wunderb....Druck! Noch mehr Druck.... Ihr kleines Problem wurde immer größer. Es half nichts, sie tippelte wieder durch den Bus, vor zur Reiseleitung und bat höflich um eine Pause.

"Ach meine Liebe, hi hi, das geht nun aber gar nicht, die erste Pause machen wir in Österreich, wie schon gesagt hi hi."

"Ja des geht aber nicht, des halt ich bis dahin nicht mehr aus, ehrlich."

"Ja da müssens halt jetzt a bisserl zusammen zwicken, hi hi, des geht scho. Wissens wir können ja nicht wegen jedem extra anhalten, da kommen wir ja sonst nie an, gell, hi hi."

Frau Küberlinger erhob sich von ihrem Sitz, hackte Elvira unter und wollte sie durch den Gang wieder zurück schieben.

"So, gute Frau, jetzt gehen wir wieder schön auf unseren Platz und dann versuchens halt ein bisserl zu schlafen, hi hi, dann wird des schon."

Entsetzt und verärgert riss sich Elvira los und blaffte:

"Ja sagens einmal, san sie ned ganz sauber, was haben denn sie heut scho getrunken ha? Ich will nicht schlafen, ich muss bieseln! Und zwar flott, weil lang geht des nimmer gut."

"Ach nein, des meinen sie jetzt nur, hi hi, man kann sich auch alles einreden, gell. Einfach nicht mehr daran denken, des hilft am besten, hi hi."

"Also..."

"Nichts also, jetzt setzten sie sich wieder schön hin und wenn wir Pause machen, dürfen sie gleich als erste raus, gell, hi hi, versprochen."

Elvira beugte sich vor und sprach in leisem, dringlichen Ton zu Frau Küberlinger:

"Entweder sie fahren jetzt am nächsten Parkplatz raus, meine Liebe, oder ich biesel in den verschissenen Bus und zwar hinten in die Mitte, damit´s dann schön nach vorne laufen kann, damit jeder was davon hat hi hi hi. Hamma uns verstanden?"

Sie stapfte wütend nach hinten durch und ließ sich auf ihren Sitz fallen.

Der Herr Pfarrer beugte sich besorgt vor und wollte wissen, was es denn für ein Problem gäbe.

"Zum bieseln muss ich und zwar dringend, wenn sie es genau wissen wollen, Hochwürden", pampelte Elvira genervt zurück.

Nach ein paar Minuten verringerte der Bus tatsächlich seine Geschwindigkeit und fuhr in die Einfahrt zum Rastplatz Holzkirchen.

Frau Küberlinger machte eine Durchsage, in der sie die Gäste bat, sitzen zu bleiben, da nur eine Dame kurz den Bus verlassen würde und die Fahrt dann sofort wieder weiter ging.

Während Elvira schon auf dem Wege zur Erlösung war, rutschen im Bus immer mehr Mitreisende unruhig auf ihren Sitzen herum, um sich dann kurz darauf ebenfalls auf den Weg zu den Toiletten machten.

Frau Küberlinger ergab sich dem Schicksal und erklärte per Durchsage, dass sie nun eine offizielle Pause von zwanzig Minuten machen würden und die Reisenden dies bitte auch nutzen sollten, da der Bus dann mindestens zwei Stunden durchfahren werde.

Kapitel 5

Rosi, Edeltraud und Hilde stiegen als letzte aus dem Bus und gingen zum Rasthof. Edeltraud murrte, dass sie diese aufgezwängten Rudel-Klopausen schon immer gehasst hätte.

"Ich will nicht das Plätschern von den ganzen alten Weibern hören."

"Und ich kann sowieso nicht entspannt bieseln wenn alle zuhören", meinte Hilde und blickte zu Rosi.

"Ja dann warten wir halt einfach ein bisserl und gehen am Schluss, wenn die meisten scho wieder weg sind, oder?"

Zustimmendes Nicken. Sie gingen derweil in den Rasthausshop um ein bisschen zu stöbern.

Edeltraud hatte dabei ständig den Bus und den Toilettenausgang im Auge. Als sie sah, dass sich der Großteil der Fahrgäste bereits wieder am Rastplatz versammelte, gab sie grünes Licht und die drei suchten die Toiletten auf.

Während Rosi und Edeltraud schon beim Hände waschen waren, hörten sie Hilde leise rufen:

"Sind wir jetzt alleine hier?"

Fragend schauten sich die beiden an und Rosi antwortete mit einem kurzen "ja, warum?".

"Mei, ich müsst mal größer, könnts ihr so lange draußen warten?"

Natürlich konnten sie. Edeltraud meinte noch, dass sie sich beeilen sollte, da die zwanzig Minuten schon fast um wären.

"Ja ja, die werden schon nicht ohne uns fahren", kam es aus der Kabine.

Vor dem Bus herrschte eine fröhliche, gelassene Stimmung, während sich die Teilnehmer gegenseitig besser kennen lernten. Man war sich einig, wie aufregend es war den bayerischen Papst live zu sehen. Das man so etwas noch erleben durfte. Und wie schön doch eine Reise in so netter Gesellschaft sei. Der Herr Pfarrer unterhielt sich angeregt mit Frau Küberlinger, Hannelore und Maria gaben Anekdoten von ihren vergangenen Reisen zum Besten und die Moosleitnerin genoss einfach nur die Vorfreude.

Dann kam endlich der Fahrer, auch er hatte die Pause genutzt und der Bus wurde wieder in Beschlag genommen. Frau Küberlinger bat den Hochwürden darum, doch bei ihr vorne Platz zu nehmen, damit man sich noch ein paar geistreichen Themen widmen konnte. Selbstverständlich nahm der Gottesmann dieses Angebot sehr gerne an, es gäbe schließlich nichts Schöneres als gute Gespräche mit Tiefgang.

Elvira, die hinter den beiden stand, verdrehte im Geiste die Augen nach oben, ob der ganzen Schleimerei.

Als alle wieder auf ihren Plätzen waren, kam noch eine kurze Durchsage, ob denn alle da seien, jeder seinen Sitznachbarn hätte hi hi und das es nun weiter ginge.

Elvira wollte es sich gerade gemütlich machen, als ihr plötzlich auffiel, dass die Plätze hinter ihr noch gar nicht besetzt waren. Sie holte Luft und wollte schon vor rufen, dass noch ein paar fehlten, als ein gemeiner Gedanke ihr Gehirn durchzuckte. Kann ihr doch egal sein, wenn die drei nicht da waren. Oder? Sie hatte ja keinen Sitznachbarn nach dem sie schauen musste. Tiefer drückte sie sich in ihren Sitz und ließ weitere Gedankenblitze über sich ergehen.

War ja nicht ihre Schuld, wenn die zu spät kamen. Sollen´s doch schauen, wie sie nach Rom kommen. Sind ja sonst auch immer so schlau oder? Was geht sie das an? Die würden bestimmt auch nichts sagen, wenn sie nicht da wäre. Da war sich Elvira sicher. Also!

Mit Schadenfreude dachte sie daran, wie blöd die wohl schauen würden, wenn sie sahen, dass der Bus weg ist. Bei der Vorstellung grinste Elvira übers ganze Gesicht. Gleichzeitig machte sich aber dann doch ein wenig das schlechte Gewissen in ihr breit. Eigentlich war das nicht nett und es ist auch nicht schön, wenn man so etwas macht, oder? Sie sollte Bescheid geben. Sollte sie? Ja. Nein. Doch. Eigentlich schon.

Während ihrer ganzen Überlegungen hatte sie nicht bemerkt, dass der Bus bereits wieder gestartet war und vom Parkplatz fuhr.

Noch einmal wägte sie das Für und Wider ab und kam zu dem Entschluss, dass sie doch etwas sagen musste. So ginge es ja auch nicht. Ihr würde es auch nicht gefallen, wenn sie einfach zurück gelassen würde. Also, Bescheid geben. Elvira erhob sich und bemerkte entsetzt, dass sie schon längst wieder auf der Autobahn waren. Erschrocken ließ sie sich wieder in ihren Sitz fallen. Ach du Scheiße! Und jetzt? Umdrehen? Geht ja nicht auf der Autobahn, also bis zur nächsten Ausfahrt und dann wieder zurück fahren? Ja genau. Sie musste nach vorne und der Küberlinger Bescheid geben. Andererseits hatte sie aber überhaupt keine Lust, sich vielleicht anschnauzen zu lassen, warum sie denn nicht gleich etwas gesagt hätte und so weiter. So wie sie die Reiseleitung bisher kennen gelernt hat, wäre dies durchaus möglich. Nein danke, darauf konnte sie verzichten. Und überhaupt, irgendwann oder irgendwem wird es schon noch auffallen, dass die drei nicht da waren. Spätestens wenn der Herr Pfarrer wieder nach hinten kam. Genau! Der Pfarrer. Na also, der würde sich dann schon darum kümmern. Sie drückte sich mit vorsichtigen Bewegungen ans Fenster, um nicht unnötig auf sich aufmerksam zu machen und schloss die Augen um Schlaf vorzutäuschen. Das war auch gleich die perfekte Ausrede. Wie hätte sie denn bemerken sollen, dass die drei nicht da waren, wenn sie doch geschlafen hat? Vielleicht fand sie ja tatsächlich etwas Schlaf.

Doch daran war gar nicht zu denken, ihre Gedanken rasten. Schon blöd, einfach vergessen zu werden. Was würde sie in so einer Situation machen? Anrufen. Ja natürlich! Was sonst? Heutzutage hat doch jeder ein Handy, bestimmt auch die Drei. Na also, dann war doch alles gar nicht so schlimm. Dann fiel Elvira ein, dass es ja auch sicher ein Telefon in der Raststätte gab, ja eben! Da denkt man im Handyzeitalter oft gar nicht mehr daran. Die würden sich schon zu helfen wissen, schließlich sind sie ja nicht allein in der Wildnis ausgesetzt worden oder so.

Mit diesen beruhigenden Gedanken entspannte sie sich und überließ sie sich wieder ihren Tagträumen. Eigentlich war es sogar äußerst angenehm, dass die drei Weiber nicht mehr hinter ihr saßen. So konnte sie die Fahrt in Ruhe genießen und sich ihr neues Leben in den schönsten Farben ausmalen. Gab´s den lieben Gott am Ende doch? Sollte er sich nach all den Jahren wieder an sie erinnert haben? Schöne Vorstellung. Selig lächelnd kuschelte sie sich ans Fenster und döste etwas.
Was die Drei wohl gerade machten?

Hilde stand noch am Waschbecken, als Rosi ihr zurief, sie solle sich beeilen, da sie jetzt wirklich spät dran waren.
Nach einem kurzen Blick in den Spiegel packte Hilde ihre Tasche und flitzte nach draußen.
"Bin ja scho fertig, auf geht´s".
Mit schnellen Schritten marschierten sie aus dem Gebäude in Richtung Parkplatz und suchten den Bus.
"Wo ist denn jetzt der blöde Bus wieder?" Rosi drehte ihren Kopf nach allen Seiten und suchte den Parkplatz ab.
Edeltraud blieb stehen und drehte sich einmal um ihre eigene Achse, " ja sag einmal, der war doch da vorne oder?"

"Ja, hab ich auch gemeint. Sind die eigentlich blöde? Warum parken die denn um, was hat denn des für einen Sinn?"

Ärgerlich den Kopf schüttelnd und mit Hilde und Edeltraud im Schlepptau lief Rosi weiter und suchte die Reihen der geparkten Busse ab.

Am Ende angekommen sahen sie sich mit verblüfften, fragenden Gesichtern an. Man konnte direkt sehen, wie es in jedem einzelnen Gehirn auf Hochtouren arbeitete.

Wo ist der Bus? Wo sind die? Anderer Parkplatz? Die san weg! Wieso? Wer war des? San die weg? Nein, die sind nicht weg? Und jetzt? Des können die doch nicht machen! Die san weg oder? So, jetzt stehen wird da! Was machen wir denn jetzt? Wie geht´s weiter? Die san weg! Schöne Scheiße!

Hilde fand als erste ihre Sprache wieder:
"Die san jetzt ned ohne uns weitergefahren oder? Ja san die deppert oder was, haben die an Vogel?"

"Des kann doch ned sein oder", meinte Edeltraud ungläubig.

"Ja und wie des sein kann, des siehst doch!"

"Aber... aber des dürfen die doch gar nicht. Die müssen doch...keine Ahnung... durchzählen oder so was, wie in der Schule halt auch immer, oder"

"Ja was weiß ich. Also solche Idioten, ich kann mich gar nicht beruhigen, echt jetzt! Die müssen doch bemerkt haben, dass wir ned dabei sind, sag einmal! Da muss doch.....", sie hielt kurz inne, als ein weiterer Gedanke ihre Locken wild umher hüpfen ließ, "die

Moosleitnerin!!", rief sie aus, "die blöde Schnepf´n, die greißlige! Die muss doch mitgekriegt haben, dass wir ned da waren. Ja und der Pfarrer!"

Jetzt kam sie richtig in Fahrt, "der Pfarrer doch auch! Der sitzt doch neben mir. Ja sag einmal, geht´s noch? Diese scheinheilige Bagage! Grantler, die blöden! Was glauben die denn eigentlich? Uns einfach stehen lassen, während die sich jetzt alle kaputt lachen darüber, oder was? Also denen werd ich was erzählen, na wartets nur ab, ja solche Deppen! Und der Hübel-Kübel werd ich auch einen Marsch blasen, dass die nimmer weiß wie ihr Name ist, des schwör ich euch..."

"Ja, jetzt krieg dich mal wieder ein, die werden schon gemerkt haben, dass wir nicht dabei sind", meinte Edeltraud nun um sich selbst auch zu beruhigen, "die werden halt bis zur nächsten Ausfahrt fahren und dann wieder zurück kommen, anders geht´s ja nicht auf der Autobahn. Wird halt noch ein bisserl dauern, aber dann sinds wieder da oder?"

Fragend blickte sie in Rosis Gesicht.

"Ja des denk ich auch. Haben wir denn keine Handynummer von irgendjemand im Bus?"

"Mensch, genau! Also das wir da nicht gleich darauf gekommen sind. Wen könnten wir denn anrufen?"

Voller Vorfreude kramte Edeltraud ihr Handy aus der Tasche und überlegte, von wem sie denn eigentlich eine Nummer hatte. Auch Hilde und Rosi hielten bereits ihre Geräte in Händen und machten das gleiche, ratlose Gesicht, als auch sie feststellten, dass sie von niemand im Bus eine Nummer hatten. Sie überlegten weiter, dass sie über die Auskunft die Nummer vom Reisebüro in

Erfahrung bringen könnten. Die mussten doch wissen, wie die Frau Küberlinger oder zumindest der Busfahrer zu erreichen sind. Genau! Gute Idee. Hilde wählte bereits die Nummer der Auskunft und erfuhr dann ganz erstaunt, dass keine Nummer für dieses Reisebüro hinterlegt sei. Was hatte denn das jetzt wieder zu bedeuten? Erstaunt sahen sich die Freundinnen an und beschlossen, dass es wohl am besten sei, hier bei den Parkplätzen zu warten. So lange konnte es ja nicht dauern bis der Bus zurück kam. Sie nahmen auf einer der Rastbänke Platz, muckelten sich tief in ihre Jacken ein und hielten mit mürrischen Blicken nach dem Bus Ausschau.

Hilde überlegte kurz, ob sie einfach ihre Männer anrufen sollten, die könnten sie ja abholen kommen. Doch sowohl Rosi als auch Edeltraud fanden, dass das keine gute Idee war. Das ganze Gelächter und die Verarsche, welche garantiert kam, wollten sie sich ersparen. Also weiter auf den Bus warten.

Der Reisebus indes fuhr im gleichmäßigen Tempo auf der Autobahn dahin. Die Gäste waren zwischenzeitlich auch ruhiger geworden. Manche schlummerten, einige blätterten in Zeitungen oder sahen einfach nur aus dem Fenster.

Elvira verhielt sich ganz ruhig auf ihren Sitzen und konnte immer noch nicht glauben, dass die Abwesenheit der drei Grazien noch nicht entdeckt worden war. Gut, wie auch? Hochwürden saß ja immer noch vorne in erster Reihe bei der Küberlinger. Wie viel Zeit war inzwischen vergangen? Das musste doch schon fast eine Stunde sein. Na das würde noch spannend werden.

Auf dem Rastplatz wurde die Stimmung immer trüber und gereizter. Um die Kälte zu vertreiben, liefen die Drei nun ständig auf und ab.
Irgendwann hatte Hilde keine Lust mehr. Sie wollte noch gar nicht wissen, was sie sich alles anhören müssten, vom Fahrer, von der Küberlinger und den anderen Teilnehmern. Da könnten sie genauso gut gleich heim fahren, denn von wem die blöden Sprüche kamen, war nun letztendlich auch schon egal. Sie teilte ihre Gedanken den anderen beiden mit.

Doch Edeltraud wollte davon nichts wissen. Sie würden das jetzt gemeinsam durchstehen. Das wäre doch gelacht, wenn sie drei, als erwachsene Frauen, nicht Herr dieser Situation werden würden. Wichtig wäre, mit hoch erhobenem Kopf wieder in den Bus einzusteigen.

Rosi meinte auch dass sie das zusammen meistern sollten und später könnten sie auch bestimmt mal darüber lachen. Das einzige, worüber sie sich allerdings allmählich Sorgen machte, war die Zeit. Der Bus müsste doch schon längst da sein, die nächste oder auch übernächste Ausfahrt war doch gar nicht so weit weg.

Für Hilde war inzwischen klar, dass der Bus bestimmt nicht mehr zurück kam. Die haben sie einfach so an der Raststätte zurück gelassen. Unglaublich! Eine Frechheit!
Plötzlich fielen ihr die Reisetaschen ein, die waren ja auch noch im Bus.

"'Was passiert denn eigentlich mit unseren Taschen, wenn die nicht mehr kommen?"

"Ja, die werdens halt derweil im Bus lassen oder? Was sollens denn sonst damit machen", erwiderte Rosi "und ganz ehrlich Mädels, ich glaub eigentlich auch nimmer daran, dass die zurück kommen."
Hilde nickte bestätigend, "die haben uns einfach sitzen lassen, schöne Scheiße! Also ich ruf jetzt daheim an, dass uns jemand hier abholt, es hilft ja nix. Ich hoff bloß, dass unser Gepäck ned auch noch verloren geht."
Rosi seufzte tief und meinte zustimmend, "ja, des wird das Beste sein. Und scheiß auf die Reisetaschen, die werden wir schon wieder kriegen und wenn nicht, können wir bestimmt Schadenersatz geltend machen oder so, oder?"
"Des und noch viel mehr, glaub mir, weil wenn ich die depperte Hübel-Kübel in die Finger krieg...."
"Genau, über die beschweren wir uns gleich als erstes."

Edeltraud, die etwas unbeteiligt am Rand stand und den Blick in die Ferne gerichtet hatte, stampfte mit dem Fuß auf und meinte resolut:
"An Scheiß machen wir! Von wegen anrufen, heim fahren und so. Ich sag euch mal was, der ganze Bus kann mir gestohlen bleiben. Samt Küberlinger, Pfarrer, Moosleitnerin und die ganzen anderen Deppen. Wir fahren nach Rom! So wie wir uns des vorgenommen haben. Ich hab mich doch ned umsonst so darauf gefreut, nur dass ich in Holzkirchen schon wieder umdrehen muss. Nein nein, nix da! Wir trampen jetzt! Auf geht´s, wir suchen jetzt ein Stück Karton, des kann ja hier nicht so schwer sein und dann stellen wir uns an den

Straßenrand. Des wär doch gelacht, wenn wir des nicht schaffen!"

Allein bei der Vorstellung musste Edeltraud schon kichern und bekam vor Aufregung ganz rote Wangen.

"Mei, des werd ein richtiges Abenteuer, meints nicht?"

Rosi und Hilde standen fassungslos, mit offenen Mündern da und sahen erst sich und dann ihre Freundin erstaunt an.

"Ja spinnst denn du komplett? Hast Du sie nimmer alle? Trampen? Ich glaub´s ned. Was da alles passieren kann", rief Hilde aufgebracht.

"Ja was denn? Stell dich doch ned so an, schließlich sind wir zu dritt oder? Was soll da schon passieren?"

"Was da passieren soll?", schrie Hilde mittlerweile, "alles Mögliche, Vergewaltigung, Mord, Raub, Totschlag, was weiß ich."

"Ts, Vergewaltigung, also bitte. Wer soll uns denn vergewaltigen? Und außerdem wir müssen ja nicht zu dem erst Besten ins Auto steigen oder? Vielleicht nimmt uns ja auch eine Frau mit?"

"Ja du hast doch einen Vogel, echt! Rosi, jetzt sag doch auch mal was."

"Mei", meinte diese etwas unschlüssig "die Hilde hat schon irgendwie recht, des Trampen is ned ohne Edeltraud, aber andererseits möcht ich auch ned heim fahren und irgendwie müssen wir ja nach Rom kommen, oder?"

"WAAAS?" Hilde fielen fast die Augen aus dem Kopf.

Ruhig erklärte Rosi weiter:

"Ich hab auch scho überlegt, was bleiben uns denn für Möglichkeiten? Entweder wir rufen uns ein Taxi, welches uns wieder nach München zum Hauptbahnhof fährt und wir steigen in den nächsten Zug nach Rom. Abgesehen davon, dass des ein Heidengeld kosten würde, wissen wir gar nicht wann und ob ein Zug fährt? Und wenn, dann ist der bestimmt proppenvoll, weil ja ned nur wir zum Papst wollen oder? Wir könnten uns auch abholen lassen und dann mit dem eigenen Auto fahren, aber des dauert alles viel zu lange. Abgesehen von den blöden Sprüchen, die noch dazu kämen. Des beste wäre schon, wenn uns jemand mitnehmen würde."

"Ihr seids doch alle zwei narrisch! Da fahr ich doch lieber heim und lass mich derblecken, echt!"

Hilde drehte sich um und wollte Richtung Gasthaus davon marschieren als Edeltraud ihren Arm festhielt.

"Herrschaftzeiten, jetzt stell dich ned so an. Wir werden doch jetzt zu dritt trampen können. Einsteigen tun wir nur bei Fahrern, die alleine sind, einen normalen, gepflegten Eindruck machen und wo wir uns alle drei einig sind, dass es passt, ok? So schwer kann doch des ned sein. Außerdem, wenn wir wirklich einen Triebtäter oder so erwischen, dann wird der nicht so blöd sein, eine von uns zu packen und darauf hoffen, dass die anderen beiden zuschauen oder?"

"Ja aber..".

"Nix aber, des machen wir jetzt. Des wird unser Abenteuer! Glaubst ich freu mich richtig drauf. Da können wir in Jahren noch in Erinnerungen schwelgen. Kommts Mädels, jetzt suchen wir erst einmal ein Stück Pappe."

Rosi, die sich über die neu gewonnene Selbstsicherheit der Edeltraud freute, hackte Hilde unter und meinte zu dieser:

"Jetzt komm, des machen wir schon, da hat die Edeltraud scho recht. Was soll passieren, wir sind zu dritt, oder?"

Während Rosi noch beruhigend auf Hilde einsprach, war Edeltraud schon bei einem Lastwagenfahrer, der ihr Karton und Stift bereit stellte und sie gleichzeitig darauf aufmerksam machte, dass ROM als Hinweis genügte. Sie müsse nicht noch "zur letzten Messe vom Papst" dazu schreiben. Edeltraud bedankte sich und lief freudig erregt, mit dem Schild wedelnd zu den anderen beiden zurück und zog sie mit auf den Seitenstreifen der Autobahn.

Kapitel 6

Viele der vorbeirasenden Autofahrer auf der A8 mussten zweimal schauen um dann verwundert den Kopf zu schütteln oder einen überraschten Gesichtsausdruck zu bekommen.
Die meisten Brummifahrer allerdings hatten ihren Spaß. Sie lachten, ließen ihre ohrenbetäubenden Hupen tröten und fuhren wild gestikulierend vorbei. Jeder von ihnen hatte schon öfter Tramper gesehen, aber noch keiner ein solches Gespann.

"Arschlöcher, ihr blöden", schimpfte Hilde laut und fuchtelte wild mit den Armen hinter den Lastwägen her.
"Mensch Hilde, musst ned glei scho wieder so ausfallend werden", schüttelte Edeltraud missbilligend den Kopf.
"Ja was denn? Diese Deppen machen sich an Spaß und wir steh´n da und frieren uns an Arsch ab. Mir reicht´s jetzt, ich ruf den Hannes an, dass er mich abholen kommt. Mia machen uns ja komplett zu Vollidioten."
Edeltraud legte Hilde ihre Hand auf den Arm, welcher bereits in der Handtasche nach dem Handy suchte:
"Nix da, wir haben ausgemacht, dass wir des jetzt durchziehen. Wir fahren zum Papst seiner letzten Messe, ob jetzt mit Bus oder ohne. Jetzt stell dich gefälligst ned so an."

Resigniert und mit einem langen Seufzer nahm Hilde schließlich ihre Hand wieder aus der Tasche und hob wieder den Daumen in die Höhe.

"Is ja gut, aber müssen wir wirklich trampen? Ich hab immer noch a schlechtes Gefühl dabei. Und überhaupt, wie lange stehen wir jetzt denn scho da? Eine halbe Ewigkeit."

Edeltraud sah kurz auf ihre Uhr:

"Genau 25 Minuten. Für Tramper is des no gar nix. Die stehen manchmal Stunden. Aber ich glaub, die stehen nur so lang, weils manchmal so fertig ausschauen, die tät ich auch ned mitnehmen. Wir werden bestimmt ned so lang stehen, schließlich sind wir ja gut gekleidet und schauen nett aus oder?" Fragend sah sie Hilde an.

"Wennst meinst."

"Ja des mein ich. Und außerdem werd des jetzt unser großes Abenteuer, da werdens dann alle schauen daheim!" Edeltraud straffte ihre Schultern und sprühte nur so vor Elan und Energie.

"Mädels", mischte sich nun Rosi ein, die die ganze Zeit die Autobahn beobachtet hatte, "des Abenteuer werd gar ned erst anfangen, wenn wir unseren Standort ned wechseln."

Edeltraud und Hilde drehten sich fragend zu Rosi um und Hilde meinte sarkastisch:

"Ja wohin sollen wir denn wechseln, vielleicht auf die A9? Meinst da sind mehr Autos nach Rom unterwegs?"

"Genau", meldete sich Edeltraud, "oder gleich auf die mittlere Spur, dann sieht man uns vielleicht besser. Die werden uns scho ned gleich umfahren oder? Also weißt..."

Rosi schüttelte verärgert den Kopf.

"Ach Schmarrn, ich glaub nur das es besser ist, wenn wir uns am Anfang der Raststätte hinstellen und ned nach der Ausfahrt. Da kann ja keiner so schnell anhalten."

Nach kurzem Überlegen liefen die drei zurück und positionierten sich kurz vor der Einfahrt. Hilde und Rosi streckten lächelnd die Daumen in die Luft und Edeltraud hielt das "Rom-Schild" wie ein Nummerngirl hoch und fühlte sich großartig. Jedem Auto, das in den Rasthof fuhr, sahen sie erwartungsvoll hinterher, aber weitere fünfundvierzig Minuten lang blieb kein einziges davon stehen. Hilde wollte den anderen gerade mitteilen, dass jetzt Schluss sei mit Abenteuer und Trampen, als ein alter Kleinbus die Einfahrt herein gestottert kam und kurz danach stehen blieb. Erschrocken sahen sich die drei an. Ein jeder klopfte das Herz bis zum Hals. Edeltraud fand als erste die Sprache wieder:

"Meints ob der uns mitnimmt?", erwartungsvoll starrte sie auf den Wagen.

"Oh Gott und wenn´s ein Vergewaltiger is?", krächzte Hilde und ihr ganzer Körper zitterte.

Edeltraud verdrehte genervt die Augen:

"Also du schaust doch eindeutig zu viel Aktenzeichen, echt Hilde. Jetzt wart halt mal ab, wir müssen ja ned mitfahren."

"Wahrscheinlich ist dem eh nur das Benzin ausgegangen und der will uns gar ned mitnehmen", mischte sich Rosi ein und blickte nicht weniger gespannt auf den Bus, in dem sich nun etwas bewegte und die Beifahrertür aufsprang.

"Wow", Rosi blieb vor Staunen der Mund offen, "korrigiere - hoffentlich nimmt der uns mit".
"Mhm", kam es von Hilde und Edeltraud.

Dem Fahrzeug war ein Bild von einem Mann entstiegen. Ungefähr 1,90 m groß, kräftige Statur, blonde leicht gewellte Haare bis zu den Schultern, braun gebrannt mit wettergegerbten Gesicht. Durchtrainiert von oben bis unten, das konnte man sogar trotz seiner Klamotten sehen. Ein Naturbursche, ein Mann, ein richtiger Mann! Ja hat man so etwas schon gesehen.

Lächelnd rief er ihnen zu:
"Wollts nun mitfahren oder nicht? Wir beißen schon nicht."
Verdattert starrten die drei diesen wunderschönen Adonis an. Hilde fing sich als Erste wieder und stiefelte sofort in Richtung des schönen Mannes.
"Ja freilich fahr´n wir mit. Wir steh´n ja nicht zur Gaudi da. Habts noch so viel Platz bei euch? Zu wievielt seits denn?"
Immer noch lächelnd meinte der Traummann:
"Wir sind nur zu zweit und wenn wir alle ein bisschen zusammenrücken, dann geht das schon. Zwei können hinten rein und eine müsste bei uns vorne sitzen."
"Ja des passt scho, ich setz mich vorne hin und die anderen beiden können hinten rein, oder Mädels, was meints ihr?", meinte Hilde plötzlich ganz wichtig mit leicht geröteten Wangen und war auch schon im Bus verschwunden.

Rosi und Edeltraud erwachten aus ihrer Starre, tippelten zum Fahrzeug und kletterten auf die hinteren Sitze.

Der Fahrer, nicht minder attraktiv, stellte sich als Peer vor. Peer schien etwas kleiner zu sein, soweit man das im Sitzen beurteilen konnte. Seine Haare waren dunkel, reichten ebenfalls bis zur Schulter und er hatte ein wahnsinnig bezauberndes Lächeln.

Hilde drückte sich, wie Rosi fand, etwas zu nah an Maurice heran während Edeltraud glückselig grinste und kaum fassen konnte, dass ihr Abenteuer begann.

Wie sich herausstellte, waren Peer und Maurice auch auf dem Weg nach Rom, um bei der letzten Audienz von Paps Benedikt XVI dabei sein. Und die drei durften selbstverständlich bis Rom mitfahren.

"Wie seid ihr auf die Idee gekommen zu trampen?", wollte Peer wissen, "denn ehrlich gesagt, ihr seht nicht so aus, als ob ihr das schön öfter gemacht habt, oder?"
"Oh mei, wenn ihr wüsstet was wir schon alles hinter uns haben. Dabei sind wir erst heute um sieben Uhr los gefahren", meinte Hilde und dann erzählte sie die verrückte Geschichte, wie sie alle nach einer Klopause vergessen wurden.
"Und des nur wegen der blöden Moosleitnerin."
Peer, der sich ein Lächeln nicht verkneifen konnte, meinte: "nur gut dass ihr Frauen immer zusammen auf´s Klo geht"

"Wieso?"
"Sonst wärt ihr ja jetzt gar nicht mehr zusammen."
"Falsch, dann säßen wir jetzt alle im Bus, denn dann wäre sofort aufgefallen, dass noch jemand fehlt."
"Stimmt auch wieder."

Von Maurice erfuhren sie, dass die beiden bis vor zwei Jahren ausschließlich als Tramper unterwegs waren. Nur mit zunehmendem Alter, sie waren beide 52 Jahre, fanden sie den eigenen Bus doch etwas komfortabler. Sie waren Globetrotter, in der Welt zu Hause und suchten und fanden auch immer in fernen Ländern Arbeit um zu überleben. Ganz zu schweigen von den vielen Freunden, die sie auf der ganzen Welt mittlerweile hatten. So auch in Rom. Dort waren es ihre langjährigen Freunde Jacko und Luigi, bei denen sie dieses Mal auch übernachten würden.

"Also, wo müsst ihr denn hin in Rom?"
"Was?"
"Na in welches Hotel oder Pension oder was auch immer", lachte Peer.
"Ach so, ja genau, also wir müssen.....ja ich weiß gar nicht", fragend drehte sich Hilde zu ihren Freundinnen um, "wie heißt des Hotel?"
"Äh...", Rosi schaute zu Edeltraud, die genauso ratlos drein blickte, "keine Ahnung, wo stand denn des? Hat jemand die Reiseunterlagen parat? Meine sind in der Reisetasche im Bus."
"Meine auch."
"Ja, bei mir auch."

"Na ganz toll. Was machen wir denn jetzt?" Rosi bekam ein mulmiges Gefühl. Ob das Ganze nicht doch ein Fehler war?

Edeltraud hingegen war die Ruhe in Person, "nur keinen Stress Mädels, des wird uns schon wieder einfallen. Und wenn nicht, dann finden wir dafür auch noch eine Lösung."

"Also du bist schon gut", ereiferte sich Hilde nun wieder, "was denn für eine Lösung. Ich bin sicher, dass du in und um Rom momentan kein einziges freies Bett findest."

"Und vor allen Dingen", teilte Rosi ihre Gedanken mit, "wenn wir unser Hotel nicht wissen, dann finden wir auch den Bus nicht mehr...Das heißt, wir haben weder Klamotten noch Duschzeug und heim kommen müssen wir ja auch irgendwie."

"Ich hab doch gesagt, wir hätten uns abholen lassen sollen. Eine blöde Idee war des mit dem trampen", schimpfte Hilde.

An die Jungs gewandt meinte sie weiter, "vielleicht ist es besser wenn ihr uns bis zum nächsten Rastplatz mitnehmt und dann rufen wir zu Hause an."

"Jetzt beruhigt euch mal alle wieder", meinte Peer, "wenn es ums übernachten geht, da haben wir auch Möglichkeiten. Wir schlafen heute bei Jacko. Der hat kurz vor Rom einen Campingplatz. Und wir haben immer ausreichend Decken und Schlafsäcke dabei und sogar noch ein kleines Zelt."

"Genau", mischte sich Maurice ein, "und morgen früh fahren wir weiter zu Luigi. Und so wie wir den kennen, ist das überhaupt kein Problem, wenn ihr da für ein, zwei Tage übernachtet, glaubt mir."

Noch bevor Rosi und Hilde über den Vorschlag richtig nachdenken konnten, kam von Edeltraud schon die Zustimmung:

"Na also, dann passt ja alles. Was hab ich gesagt? Es findet sich schon eine Lösung. Jetzt entspannts euch mal. Und wenn wir den blöden Bus mit unseren Klamotten nicht mehr finden, dann kaufen wir uns halt welche. Es wird ja wohl in der Modemetropole Rom ein paar Unterhosen und Socken für uns geben!"

Sie lachte kurz auf, "ich wollt´ scho immer mal einen Gucci-Schlüpfer haben".

Kapitel 7

Im Reisebus verkündete derweil Frau Küberlinger, dass in einer guten viertel Stunde die nächste Pause angedacht sei.

Der Herr Pfarrer bedankte sich bei ihr für das nette Gespräch und ging nach hinten auf seinen Platz, um dann höchst verwundert das Fehlen der drei Damen festzustellen.

Die Moosleitnerin, die tatsächlich eingeschlafen war, tat höchst erstaunt, als er sie weckte und ereiferte sich zusammen mit dem Hochwürden, wie denn so etwas passieren konnte.

Hannelore und Maria zeigten sich ebenfalls zunächst überrascht, als Hannelore dann in Lachen ausbrach:
"Na jetzt wird´s lustig. He Kübel", brüllte sie durch den ganzen Bus, "ich glaub´ du hast ein paar Gäste beim bieseln vergessen."

Die Reiseleitung, welche die letzten Worte der Hannelore nicht mehr verstanden hatte, weil sie sich über den "Kübel" ärgerte, stapfte nach hinten durch und wollte die ältere Dame dezent zurecht weisen, dass ihr Name Küberlinger sei. Dazu kam es jedoch nicht, weil der Herr Pfarrer und die anderen Teilnehmer schon höchst aufgeregt diskutierten.

Innerlich seufzend setzte sie ihr "Arbeitslächeln" auf und meinte in Richtung Pfarrer:

"Was haben wir denn für ein Problemchen? Bestimmt nichts was wir nicht lösen könnten, hi hi, gell?"

Irritiert starrte dieser zurück, deutete auf die leeren Plätze von Hilde und Co. und meinte aufgebracht:

"Wir haben die drei Damen vergessen. Die sind nicht da."

"Wie bitte?"

"Ja schauen sie doch." Mit einer Armbewegung deutete er auf den gesamten hinteren Teil des Busses, welcher gänzlich leer war.

"Das gibt´s doch gar nicht. Wieso hat denn keiner geschaut?"

Anklagend blickte die Küberlinger in die Gesichter von Hannelore, Maria und der Moosleitnerin.

Diese verteidigten sich daraufhin lautstark: das sei doch nicht ihre Schuld, schließlich sind das erwachsene Frauen, man sei doch kein Babysitter und überhaupt ist es die Aufgabe der Reiseleitung zu kontrollieren, ob alle im Bus sind.

Frau Küberlinger erlebte ein Wechselbad der Gefühle. Ihr wurde erst heiß, dann kalt, dann kribbelte es am ganzen Körper und ihr Magen zog sich schließlich zusammen, dass sie glaubte, einen Knoten darin zu haben. Ihr wurde ganz schlecht, als sie an ihren Chef dachte. Wie sollte sie das erklären? Wie konnte das passieren? Was sollte sie jetzt machen? Umkehren? Nein das ging nicht, da ihr Vorgesetzter die Reise sowie schon ganz knapp kalkuliert und genau berechnet hatte. Er hatte extra darauf hingewiesen, dass keinerlei Sonderausgaben erlaubt waren und wenn doch welche getätigt würden, für Benzin oder was auch immer, dann müssten die Küberlinger und der Fahrer das aus ihrer eigenen Tasche bezahlen. Das hatten sie sogar schriftlich bestätigen müssen. Diese blöden Weiber aber auch. Das durfte doch nicht wahr sein. Der nächste Gedanke der ihr in den Kopf schoss verursachte erst recht Magenschmerzen. Wahrscheinlich, nein sogar mit Sicherheit würden die drei vom Reiseveranstalter ihr Geld zurück haben wollen. Da wusste sie jetzt schon, dass sie das aus eigener Tasche begleichen musste. Somit war diese Fahrt eine Nullrunde wenn nicht ein Minusgeschäft für sie. Hörte das denn nie auf? Ihr war zum heulen zu Mute.

Dann mischte sich der Herr Pfarrer in ihre Gedanken ein.

"Frau Küberl, wir müssen sofort anhalten und zurück fahren."

Als ob ein Schalter umgelegt wurde, erwachte Frau Küberlinger aus ihrem ersten Schock und reagierte mit ihrer jahrelang erworbenen Routine, ließ sich nichts anmerken und kommentierte resolut die Situation:

"Wir können nicht umkehren. Das kostet zu viel Zeit und vor allem Benzin, das gibt das Budget dieser Reise nicht her. Außerdem, wer kann uns mit Sicherheit sagen, wo die sich gerade aufhalten? Ich denke nicht, dass die jetzt noch an der Raststätte sind, nach fast drei Stunden. Wahrscheinlich sind sie längst auf dem Heimweg. Das tut mir zwar furchtbar leid, aber unser Büro wird sie bestimmt angemessen dafür entschädigen. So, wir machen jetzt unsere Pause und dann geht´s weiter, schließlich wollen wir ja pünktlich beim Papst sein, gell, hi hi."

Darauf hin drehte sie sich um und marschierte zielstrebig wieder vor an ihren Platz. Etwas verwundert und überrascht sahen die anderen Gäste ihr nach und keiner von ihnen konnte auch nur im Entferntesten ahnen, wie es wirklich in ihr aussah. Ihr ganzer Körper begann leicht zu zittern. Sie musste ein paar Mal tief durchatmen um sich wieder unter Kontrolle zu bekommen. Erwin bedachte sie nur mit einem kurzen, grimmigen Seitenblick und fuhr stoisch auf seiner Route weiter.

Der Herr Pfarrer hatte sich ganz verdattert auf seinen Platz niedergelassen und sprach kein Wort mehr.
Die Moosleitnerin war innerlich noch ganz aufgewühlt. Auch sie erlebte ein Wechselbad der Gefühle. Einerseits freute sie sich riesig auf ihr Treffen in Rom andererseits hatte sie nun doch ein schlechtes Gewissen. Das war nicht nett von ihr gewesen. Was die drei jetzt wohl machten? Wie lange die wohl gewartet haben? Ob die nach Hause sind? Mei und die Schmach dann erst, wenn das mal rum war im Ort... Sie schüttelte kurz und energisch ihren Kopf und beschloss darüber nicht mehr nachzudenken. Lieber konzentrierte sie sich auf Rom.

Während der Pause wurde die Panne mit den drei Damen natürlich aufgeregt und hitzig diskutiert. Frau Küberlinger blockte sämtliche Fragen dazu konsequent und leicht gereizt ab. Als dann die ersten Stimmen laut wurden, von wegen man würde sich beschweren, dass ginge so nicht, welch eine Unverschämtheit, dafür hat man doch eine Reiseleitung, man müsste doch umdrehen und die Damen wieder abholen usw., platzte ihr der Kragen:

"So, jetzt hören sie mal alle zu, ich bin dazu da, erwachsene Menschen nach Rom zu begleiten, den Papst anzuschauen und alle wieder zurück zu bringen. Wenn natürlich einige zu blöd zum bieseln sind oder den Bus nicht finden, oder meinen, wir haben ewig Zeit und sie könnten rumtrödeln, dann ist das nicht meine Schuld.
Sie wollen alle für wenig Geld zum Papst, bitte, das kriegen sie. Und wenn sie mal scharf nachdenken, dann werden sie einsehen, dass bei diesem Preis keine extra Kosten mehr drin sind. Oder wollen sie die Tankfüllung für den Bus übernehmen, die es bräuchte, wenn wir den Weg wieder zurück fahren würden?"

Angriffslustig schaute sie in die betretenen Gesichter Fahrgäste.

"Nein? Na also und wer jetzt pünktlich in Rom sein will steigt jetzt besser wieder ein, sonst vergessen wir noch jemanden."

Demonstrativ stellte sie sich neben die offene Bustüre und gab somit das Signal zum Aufbruch. Empört stiegen alle wieder ein und setzten sich auf ihre Plätze.

Während der ganzen Diskussion und Aufregung hatte der Herr Pfarrer den Erwin beobachtet, der etwas abseits stand, eine Zigarette rauchte und die Küberl mit einem sehr ruhigen Blick betrachtete.

Hochwürden schlenderte wie zufällig auf ihn zu und meinte mit einem Lächeln:

"So haben wir uns die Reise nicht vorgestellt wie?"

Der Busfahrer lachte freudlos auf:

"Ja des glaub ich ihnen, wartens mal ab."
Kopfschüttelnd trottete er zu seinem Bus und stieg ein.
Leicht verdattert über die Reaktion des Busfahrers, stieg der Pfarrer als letzter ein und überlegte kurz, ob er sich bei Frau Küberlinger nieder lassen sollte um die Stimmung wieder etwas zu entschärfen, besann sich aber nach einem Blick auf deren grimmiges Gesicht anders und machte sich auf den Weg nach hinten. Er versuchte die anderen Teilnehmer aufmunternd anzulächeln, um zu signalisieren, dass alles gut werden würde. Manche nahmen die Geste dankbar an und lächelten zurück, andere jedoch begegneten seinen Blick mit fragendem Gesicht und gaben so zu verstehen, dass sie das ganze noch gar nicht glauben konnten.

Die Moosleitnerin starrte demonstrativ aus dem Fenster um dem Herrn Pfarrer zu zeigen, dass sie ihre Ruhe haben wollte. Nachdem sie ihn schon seit so vielen Jahren kannte, war sie sich fast sicher, dass er die Geste richtig einordnen konnte. Und sie sollte Recht behalten, nachdem er kurz zu ihr geschaut hatte, nahm er seinen Platz hinter ihr ein.

Hannelore, die als letzte einstieg, machte sich einen Spaß und übernahm das Durchzählen der Gäste.
Mit einem kumpelhaften Schlag auf die Schulter der Reiseleitung meinte sie schmunzelnd:
"Kübel, ich schau jetzt ob alle vom biesln da sind, wie viel müssen wir denn jetzt eigentlich noch sein, ha?"
Laut zählend machte sie sich auf den Weg zu ihrem Platz. Einige der Mitreisenden lachten ihr dankbar zu,

denn so wurde die Stimmung nun endlich wieder etwas gelöster.

Während dessen nahm Frau Küberlinger mit einem genervten, kurzen Seufzer das Mikro in die Hand und ließ verlauten, dass bitte jeder kontrollieren sollte, ob sein Nachbar auch anwesend ist.
"Neununddreißig Küberl, kommt des hin?", rief Hannelore gut gelaunt nach vorne und wartete auf die Antwort.
Die Reiseleitung starrte stur nach vorne aus dem Fenster, atmete tief durch und meinte nur knapp ins Mikro: "passt."

Der Bus machte sich wieder auf die Reise und nach der Ansage von der Frau Küberlinger gab es nun auch keine weiteren Zwischenfälle mehr. Jeder blieb brav auf seinem Platz sitzen, die weiteren Pausen wurden schnell und geordnet vollzogen und man hatte immer seinen Nachbarn, Vorder- und Hintermann im Blick, damit nur ja keiner mehr vergessen wurde.

Je näher sie an Rom kamen um so mehr häuften sich die gelb-weißen Vatikansflaggen an den Autos, Wohnwägen und Motorrädern. Auch die Reisebusse wurden immer mehr und der Verkehr schon etwas dichter.

Die Vorfreude war mittlerweile fast greifbar. Alle sprachen über ihren Papst. Ob seine Entscheidung des Rücktrittes klug war, was der Heilige Vater danach machen würde, ob man ihn dann trotzdem noch ab und zu sehen könne und überhaupt, wie schön es war, das man es noch erleben durfte, das ein bayrischer Geistlicher Papst geworden war. Weiterhin mischten sich Gedanken an den folgenden Tag in die Diskussionen. Wie es wohl sein würde, ob sie ihn auch aus der Nähe sehen würden, wie viele Menschen da sein würden, ob das Wetter mitspielte usw.

Während die Gäste immer aufgeregter miteinander plauderten, wurden der Fahrer und die Reiseleitung immer mürrischer und angespannter. Beide konzentrierten sich auf den bevorstehenden Ansturm und verfluchten im Inneren ihren Chef, der sie, wieder einmal, zu solch einem Unterfangen gezwungen hatte und leider auch zwingen konnte.
Frau Küberlinger tröstete sich damit, dass spätestens auf dem Petersplatz alles vorbei war und die Gäste dann hoffentlich halbwegs versöhnt waren. Erwin ging davon aus, dass sich die Gemüter nach dem ersten Schock dann schon irgendwie beruhigen würden und jede Nacht schließlich einmal vorbei sei. Vielleicht war es ein Segen, dass ein Pfarrer unter den Gästen war, der konnte vielleicht noch etwas beruhigend auf alle einwirken.
In Richtung der Reiseleitung meinte er leise murmelnd:
"Und? Hast dir schon überlegt, wie du ihnen das erklärst?"
Die Küberlinger schnaufte resigniert aus und murmelte:
"Was soll ich da schon groß überlegen? Nach dem ersten Satz bricht ja sowieso die Hölle los und dann

müssen wir Schadenbegrenzung betreiben. Laut unserem Chef, ja alles halb so wild."

"Ja, ein scheiß Job ist des hier. Ich sag dir, ich freu´ mich schon auf den Tag, an dem ich alles hinschmeißen kann."

"Ts, was meinst wann der Tag kommt? Bei unseren Lebensgeschichten..., des wird nie passieren, da kannst noch so viel Bewerbungen schreiben, glaub mir, wir passen nicht in das übliche Raster. Und die ewige Leier von wegen jeder bekommt eine zweite Chance usw., die kann ich schon nicht mehr hören, echt.

"Oh doch, ich glaub fest daran. Ich schreib weiter meine Bewerbungen, irgendwann komm ich an denjenigen der an mich glaubt und den werd ich nicht enttäuschen!"

"Des glaub ich dir ja, ich weiß doch wie fleißig, ehrlich und verlässlich du bist. Nur was glaubst du denn, wird der Chef in dein Zeugnis schreiben, hm? Der macht des schon so, dass du nichts kriegst, glaub mir."

"Nein, nein, des darf der gar nicht, da hab ich mich schon schlau gemacht. Der muss des so lange umschreiben, bis es passt. Zur Not geh ich dann vors Arbeitsgericht, ich schwör´s dir!"

"Ja, des wär zu schön, gell? Einen normalen Job haben, bei dem man am Abend glücklich nach Hause kommt und sich freut, wenn das ehrlich verdiente Geld auf dem Konto landet."

"Genau so musst du dir des jeden Tag vorstellen Küberl, nach dem Aufwachen und vor dem Einschlafen, du wirst sehen, irgendwann passiert das wirklich so."

Liebevoll und aufrichtig lächelte Frau Küberlinger den Busfahrer an, "du bist ein guter Mensch Erwin, ehrlich. Ich wünsch dir von Herzen, dass dein Traum in Erfüllung geht."

Tief seufzend blickte sie in den mittlerweile dunklen Abend hinaus und wappnete sich auf das bevorstehende Ereignis.

"Wie lange haben wir noch?"

Nach einem kurzen Blick auf das Navi, meinte Erwin, das sie in einer Stunde das Ziel erreicht hätten.

Kapitel 8

Auch der Kleinbus hatte Kilometer um Kilometer zurück gelassen, während Peer und Maurice die Damen mit interessanten und lustigen Anekdoten ihrer vergangenen Reisen unterhalten hatten.

Einzig Edeltraud war während der ganzen Erzählungen schläfrig geworden. Die Aufregung um den verpassten Bus, das Trampen und überhaupt das ganze Abenteuer hatte sie doch etwas mitgenommen. Bei dem Versuch, zwischen all den Taschen und Tüten eine gemütliche Schlafposition zu finden hatte sie einen kleinen Rucksack entdeckt, den sie als Kopfkissen benutzen wollte. Es war ihr jedoch entgangen, dass das dieser nicht ganz geschlossen war und als sie ihn umdrehte fiel ein kleines Tütchen mit irgendwelchen Kräutern heraus. Mmh, kochen konnten die also auch noch, dachte sie beeindruckt. Sie hatte das Tütchen geschnappt, wieder zurück gesteckt, den Rucksack geschlossen und selig ihren Kopf darauf nieder gelassen, um den Rest der Fahrt zu verschlafen.

Als sie wieder aufwachte war es bereits dunkel und sie standen vor der Einfahrt zum Campingplatz von Jacko. Dieser begrüßte seine Freunde kurz und wies ihnen ihren Stammplatz am Ende des Geländes zu. Angesichts des bevorstehenden Ereignisses war er furchtbar im Stress, der Platz war proppenvoll und er hatte alle Hände voll zu tun.

Peer steuerte das Fahrzeug langsam zu ihrem Platz. welcher der einzige mit einer kleinen Feuerstelle war.

In Windeseile und mit geübten Handgriffen hatten die Männer ein Zwei-Mann-Zelt für sich aufgebaut und den Bus so umgeräumt, dass die Damen dort eine einigermaßen bequeme Liegefläche hatten. Für eine Nacht würde es schon gehen. Laut Edeltraud gehörte das ja alles zu einem Abenteuer dazu.

Während die Jungs ein Feuer machten und Essgeschirr samt Würstchen und Brot für alle aus einer ihrer vielen Taschen zauberten, machten sich Rosi und Hilde auf den Weg zu dem kleinen Laden, der direkt neben dem Campingplatz war. Sie kamen mit Wein und Wasser beladen zurück.

Eingemummelt in ihre Jacken und den Decken aus dem Bus machten sich die fünf hungrig über ihr Abendessen her. Nachdem die letzten Würstchen am Spieß verdrückt waren, hatten alle ein warmes, angenehmes Völlegefühl, sprachen dem Wein noch ordentlich zu und es entstand eine schöne, lustige Stimmung am Lagerfeuer.

Maurice meinte, dass es Zeit für den Nachtisch sei und kletterte leicht wankend in den Bus. Mit dem kleinen Rucksack, den Edeltraud während ihres Nickerchens schon als Kopfkissen benutzt hatte, kam er wieder heraus. Er griff hinein, beförderte grinsend ein Tütchen hervor, hielt dieses in die Luft und fragte in die Runde:

"Mädels, wie schaut's aus?"

Als von den dreien als einzige Reaktion nur fragende Gesichter kamen, meinte er lachend:

"Wollts auch einen mitrauchen, wo wir doch grad so schön beisammen sind?"

Jetzt verstand Edeltraud und sagte:

"Nein danke, wir san alle Nichtraucher."

Rosi schüttelte leicht den Kopf und flüsterte:

"Der meint, ob wir einen Joint mitrauchen."

"Waaas??? Ja schau'n wir so aus, als täten wir Heroin rauchen?"

"Edeltraud, ein Joint ist kein Heroin, " erklärte Rosi schulmeisterhaft, "da wirst high davon, verstehst? Da ist die Welt dann, ja wie soll ich sagen? Ein bisserl mehr rosarot, verstehst?"

"Ja des is doch mir wurscht welche Farbe die Welt dann hat! Wir nehmen auf alle Fälle kein Heroin und fertig!"

Entrüstet verschränkte Edeltraud ihre Arme vor der Brust, als ihr plötzlich etwas einfiel:

"Und überhaupt, woher weißt denn du, was bei so einem Heroin alles passiert? Hast am Ende selber schon mal Rauschgift genommen?"

Rosi seufzte und erklärte:

"Als ich zwanzig war, hab ich mal mit dem Rudi einen Joint geraucht. Hinterm Bierzelt beim Geisberger Volksfest, weißt scho."

Edeltraud war entsetzt:

"Also ich glaub´s ja ned, wir ham a Süchtige unter uns. In all den Jahren hat des nie einer gemerkt."

"Jetzt fang di mal wieder", mischte sich Hilde nun ein, "erstens ist man nicht süchtig, wenn man einmal in seinem Leben einen Joint geraucht hat und zweitens rauch ich jetzt einen mit."

Überrascht und mit offenen Mündern sahen Rosi und Edeltraud zu Hilde hinüber.

"Ja, brauchts ned so schau´n. Wir wollten ein Abenteuer und des mach ich jetzt. Ich wollt auch schließlich zum Papst fahren und ned zum Papst trampen, also is des jetzt auch scho egal. Schließlich bin ich fünfzig Jahr alt und hab in meinem Leben noch nie was wirklich Spannendes oder Prickelndes getan. Und irgendwie bin ich eh grad so wuschig, ich glaub des werd heute meine Nacht."

Grinsend ließ sie sich die Zigarette geben.

"Also, auf geht´s", lachte Hilde mit dem irren Gefühl, etwas Verbotenes zu tun. Ihr ganzer Körper kribbelte vor Aufregung.

Edeltraud konnte das Ganze gar nicht fassen und begann erst Hilde und dann die beiden Männer zu beschimpfen.

Rosi, die zuschaute, wie Hilde ihren ersten Zug nahm, sah diese plötzlich mit anderen Augen. Ob´s am Wein lag? Sie wusste es nicht. Jedenfalls empfand sie in diesem Moment die Schimpftiraden von Edeltraud als furchtbar altertümlich und spießig und fasste ebenfalls einen Entschluss:

"Wissts was, ich rauch auch einen mit. Hast recht Hilde, von daheim san wir weit weg und jetzt machen wir mal was Verrücktes."

"ROSI!" Edeltraud schnappte nach Luft und funkelte ihre Freundin böse an.

"Ja was? Schau ned so blöd, rauch einen mit oder lass es, aber versau uns ned DEIN Abenteuer."

Das in der Zwischenzeit am Eingang der Polizist angekommen war, der jeden Abend seinen Rundgang durch den Campingplatz machte, hatten die Abenteurer natürlich nicht mitbekommen - wie auch?

Hilde, schon leicht benebelt, meinte verschwörerisch zu Rosi:

"Ich glaub den Maurice pack ich mir heut."

Rosi verschluckte sich prompt am Wein und starrte ihre Freundin mit großen Augen an.

"Hast du sie nimmer alle? Des kannst doch ned machen. Denk an den Hannes!"

"Und wie ich des kann."

Genüsslich leckte sie sich über ihre Lippen:

"Der hat bestimmt an Six-Pack unter seinem T-Shirt, meinst nicht? Mei, jetzt werd ich glei noch wuschiger, des is ja der Wahnsinn heut."

Rosi konnte nicht es nicht glauben. Aber Hilde saß schon neben Maurice und ließ sich noch einmal die Zigarette geben. Immer noch ganz verdattert, beobachtete Rosi wie ihre Freundin einen weiteren Zug nahm, als Edeltraud zu ihr kam und erklärte:

"Weißt was, ich rauch auch mit. Ihr habts recht, des werd unser Nacht! Jetzt lass mas endlich mal krachen. Keiner kennt uns und keiner kann uns ausrichten, was meinst?"

Jetzt war es an Rosi, die völlig verdattert war:

"Na ich weiß ned, ob des ned doch a blöde Idee war, " sie blickte mit einem komischen Gefühl zu Hilde und Maurice rüber.

"Hm? Was hast g´sagt?"

"Ach nix, " meinte Rosi mit einem gequälten Lächeln.

"Hast ned Angst, dass des dem Benedikt so gar nicht gefallen würde, wenn du jetzt einen durchziehst?"

Ein leichter Schrecken fuhr Edeltraud in die Glieder. Gerade sie, die immer sonntags in die Kirche ging und nie auch nur eine Messe verpasste, sollte sich nun so versündigen? Mit einer energischen Handbewegung wischte sie die kurzzeitigen Zweifel weg:

"Ach, wenn wir daheim sind, geh ich gleich zum beichten. Meinst des passt dann?"

Rosi seufzte, "wahrscheinlich schon Edeltraud."

"Gut, dann passt des ja."

Der junge Polizist stand noch immer am Eingang und hielt das übliche Pläuschchen mit Jacko. Sie tranken noch ihr obligatorisches Schnapserl, welches der Gesetzeshüter immer aus seiner österreichischen Heimat mitbrachte, bevor sich der Polizist auf den Weg machte. Vorher erklärte ihm Jacko noch, das er den Leuten - seine Amigos -, die ganz hinten am Rand standen, erlaubt hätte ein kleines Lagerfeuer zu machen. Er möge doch bitte beim Rundgang darauf achten, ob dieses schon gelöscht sei und wenn nicht, dass er dann die Weisung gab, eben dieses zu tun. Er wusste, dass Peer und Maurice in dieser Hinsicht immer sehr gewissenhaft waren. Der junge Mann erklärte sich darauf hin bereit, dass er die ordnungsgemäße Löschung auch noch beaufsichtigen werde.

Dann machte er sich auf seinen Kontrollgang durch den Campingplatz. Da der Platz heute recht voll war, rechnete er ca. 20 Min. für seine heutige, letzte dienstliche Amtshandlung ein.

Kapitel 9

Auch der Reisebus war an seinem Ziel angekommen. Erwin setzte den rechten Blinker und murmelte zu seiner Kollegin: "ok, da sind wir, gleich geht´s los.

Frau Küberlinger atmete tief durch und wappnete sich innerlich gegen den bevorstehenden Sturm der Reisegäste. Wie sie ihren Chef hasste!

Der Bus wurde langsamer, fuhr auf einen Parkplatz und kam schließlich zum Stillstand. Erwin schaltete den Motor aus und blickte resigniert zur Reiseleitung, die bereits das Mikrofon in Händen hielt, sich zu den Reisenden umdrehte und professionell die Rolle der wieder gut gelaunten Reiseleitung spielte:
"So liebe Gäste, hi hi, hier haben wir leider eine kleine Planänderung. Während der Fahrt hierher haben wir von unserem Veranstalter erfahren, dass es mit den Zimmerreservierungen leider ein kleines Problemchen gab, gell. Das Hotel, indem wir ursprünglich übernachten sollten, war wohl mit den vielen Anfragen, hinsichtlich der letzten Messe unseres geliebten Papstes etwas überfordert hi hi. Soll heißen, die haben uns Zimmer angeboten, welche schon reserviert waren. Italiener halt, gell, hi hi."
Im Bus war es mucksmäuschenstill geworden.

"Und jetzt ist es natürlich so, dass eben wegen dieser letzten Messe alle Hotels, Pensionen, Herbergen usw. in und um Rom ausgebucht sind, ist ja klar gell, hi hi. Unser Chef hat auch selbst höchstpersönlich versucht, noch eine Unterkunft für uns zu besorgen, aber leider kein Glück gehabt."

Die Stille im Bus wich nun einem leichten Gemurmel und Frau Küberlinger blickte erwartungsgemäß in fragende, angespannte und teilweise überraschte Gesichter.

"Also hi hi, irgendwo müssen wir ja schlafen gell und das Wichtigste ist ja, dass wir morgen zeitig auf dem Petersplatz sind, denn wir wollen doch alle den Papst aus nächster Nähe erleben oder? Damit wir Ihnen dieses, mit Sicherheit, unvergessliche Erlebnis bieten können, werden wir heute hier, direkt vor den Toren Roms nächtigen hi hi, damit wir morgen gleich als eine der ersten zeitig in die Stadt kommen um uns gute Plätze für die Messe sichern zu können. Und der Bus ist ja Gott sei Dank groß genug für uns alle, gell"

Lähmendes, entsetztes Schweigen im Bus.

Erwin, der die ganze Zeit über seine Kollegin beobachtet hatte, zählte still die Sekunden, bis der Tumult los brach. Er war gerade bei vier angekommen, als es los ging.

Zuerst ein Gast, dann ein weiterer und schließlich brüllte, zeterte und schimpfte der ganze Bus.

Das sei ja wohl eine Frechheit, wo hätte es denn so etwas schon gegeben, man wolle sein Geld zurück, unglaublich, Unverschämtheit, dies grenze an

Körperverletzung, man kenne einen guten Anwalt, und nicht nur den, nein auch gleich noch sämtliche Richter vom Landgericht München und schließlich hatten einige der Gäste natürlich auch beste Freunde bei allen großen Tageszeitungen, die nur darauf warten würden, von so einem Skandal zu schreiben.

Frau Küberlinger ließ alles über sich ergehen und wartete geduldig ab, bis sich die Gemüter zumindest etwas beruhigt hatten um weitere Erklärungen abzugeben. Aus Erfahrung wusste sie, dass es sinnlos war, auf die Erstreaktionen der Reisenden einzugehen. Sie blieb ruhig und machte weiter ihren Job:

"Ich kann sie alle beruhigen, wir haben für solche Notfälle immer genügend Schlafsäcke und auch Proviant im Bus. Es wird heute Nacht niemand frieren oder hungern müssen. Außerdem haben unsere Sitze alle verstellbare Lehnen, sodass sie bestimmt eine bequeme Lage finden werden um gut zu schlafen. Und morgen freuen wir uns dann auf den Heiligen Vater."

Sie blickte in die ungläubigen Gesichter aller Mitreisenden und lächelte ihnen aufmunternd zu:

"Sehen sie das Ganze doch mal positiv, des wird bestimmt ein Riesenspaß, sie werden sehen, hi hi. Wir können uns ja lustige oder gruselige Geschichten erzählen, hi hi wie früher auf Klassenfahrt und sie werden sehen, dass die Nacht schneller vorbei ist, als sie glauben. So, der Erwin und ich werden dann jetzt mal die Schlafsäcke holen und dann die Snacks verteilen, gell."

Mit diesen Worten drehte sie sich zum Busfahrer, der daraufhin die Tür öffnete, sich erhob und aus dem Bus stieg. Frau Küberlinger folgte ihm, um bei der Verteilung behilflich zu sein.

Währenddessen ließ der erste Schock und das Entsetzen der Reisenden etwas nach und wie auf Kommando fingen alle an, durcheinander zu reden.

Hochwürden, welcher kaum glauben konnte, was soeben passiert war, hatte sich jedoch schnell wieder im Griff und sah sich verpflichtet, die armen, verprellten Schäfchen zu beruhigen. Also ging er nach vorne, stellte sich in die Mitte und musste schreien um sich Gehör zu verschaffen:
"Meine lieben Gäste, ich bitte sie, sich alle zunächst einmal etwas zu beruhigen", darauf hin wurde der Lärmpegel noch lauter und der Herr Pfarrer brüllte und ruderte wild mit den Armen, um die Situation in den Griff zu bekommen, "meine Damen und Herren, so beruhigen sie sich doch bitte...", aber keiner wollte auf den Gottesmann hören, er versuchte es immer wieder, bis auf einmal ein Rauschen zu hören war und dann die Stimme von Frau Küberlinger aus dem Mikrofon kam. Sie war inzwischen wieder im Bus und stand hinter dem Pfarrer.

"So meine Lieben, hi hi, hier haben wir schon die ersten Schlafsäcke für sie, ich glaub der Herr Pfarrer ist bestimmt so nett und verteilte diese schon mal gell, hi hi."

Sprach´s und drückte dem verdutzen Hochwürden die Sachen in die Arme und war schon wieder aus dem Bus verschwunden um Nachschub zu holen.

Resigniert seufzte der Herr Pfarrer und begann schließlich mit der Verteilung. Er gab sich besondere Mühe, einem jeden ein warmes Lächeln und aufmunternde Worte zu schenken.

Als alle ihre "Betten" hatten, stand Erwin schon mit zwei Kühlboxen im Gang und verteilte Wurstsemmeln während Frau Küberlinger über ihr Mikro verlauten ließ, dass natürlich auch Getränke bereit stünden. Erwin würde diese dann direkt aus dem Gepäckfach draußen am Bus verteilen.
"Dann haben sie alle noch ein bisschen Bewegung, tut ja auch gut gell, hi hi."

Auf den hinteren Plätzen schüttelte Hannelore missbilligend den Kopf und meinte zu Maria:
"Bisschen Bewegung, die hat sie doch nimmer alle."
Maria nickte zustimmend und sie nahmen beide die ersten Bissen von ihren Semmeln. Etwas verwundert betrachtete Hannelore das Stück in ihren Händen und versuchte den trockenen Bissen in ihrem Mund irgendwie zu analysieren.
"Hätt gar nicht geglaubt, dass eine Wurstsemmel so greißlig schmecken kann, oder?"
"Ja schon, gell.
"He Kübel, von wem sind denn diese Semmeln?"

"Vom Metzger aus Pframshausen natürlich - Produkte aus der Region, verstehens?"

"Na da wundert mich nix mehr", murmelte Hannelore in Richtung Maria.

"Wieso?"

"Na, seit dem vor ein paar Monaten sein Lehrling davon ist, muss er halt alles selber machen. Und gearbeitet hat der noch nie gerne."

"Wieso ist der Lehrling davon. Hat er ihn recht ausgenutzt?"

"Sie."

"Was?"

"Sie. Des war ein Mädel. So eine kleine Blonde. Die war so um die zweiundzwanzig. Hat eigentlich recht gut gearbeitet, aber immer schon gemeint, dass sie was Besseres und gescheiter ist als alle anderen. Ja und vor ein paar Monaten ist die von heut auf morgen mit einem einundfünfzigjährigen davon."

"Was? Mit so einem alten?"

"Ja, ja, kannst dir vorstellen, was da los war. Er hat einfach Frau und drei Kinder sitzen lassen und ist mit der Mistmatz davon."

"Mistmatz. Hannelore, dass du immer so Schimpfwörter sagen musst."

"Doch doch, das ist schon eine, glaub mir. Weißt was die gemacht hat? Also, als die weg ist, zu dem Alten, da war ihre Familie natürlich nicht begeistert, des kannst dir denken oder? Die haben natürlich alle auf sie eingeredet Mama, Papa, ihre zwei Schwestern usw. die waren alle ganz fertig deswegen. Und weißt was dieses Weib dann gemacht hat? Hat nix besseres zu tun, als so ein Foto von sich selbst zu machen, so eines mit dem Handy, weißt was ich mein?"

"Ja ein Selfie."

"Genau so eins. Auf dem war ihr heulendes Gesicht zu sehen und das hat sie dann allen Familienmitgliedern geschickt, geht ja mit die Handys anscheinend und dazu hat sie geschrieben "Ist es das. was ihr wollt?", weil´s ihr ja angeblich so schlecht ging, weil ihre Familie so gemein zu ihr war. Des musst dir mal vorstellen."

"Ah geh, wie blöd ist das denn."

"Ja, ja, da wollte sie auf Mitleid machen weißt, sie die Arme. Hat ihre ganze Familie vor den Kopf gestoßen und dann so was. Also wenn ich weine und zwar wirklich und echt weine, weil´s mir schlecht geht, dann komm ich bestimmt nicht auf die Idee und fotografier mich selber oder? Da hab ich andere Sorgen und deswegen ist des für mich eine ganz ausgebuffte Mistmatz, verstehst."

"Ja, aber er ist ja auch nicht besser. Mit einundfünfzig, also weißt, da hätt er ihr schon sagen können, dass des mit dem Selfie vielleicht ned so eine gute Idee ist oder?"

"Eben. Wichtig machen wollte die sich, von wegen sie die Leidende. Da könnt ich kotzen bei so was, echt. Weiber! Aber die Wurstsemmeln von ihr haben wirklich um einiges besser geschmeckt."

"Mhm, du mal was ganz anderes, ich müsst schön langsam mal auf´s Klo. Wie läuft denn das jetzt hier? Können wir jetzt das Busklo benutzen oder wie? Da draußen ist doch bestimmt keins oder?"

Hannelore blickte überrascht zu ihrer Freundin:

"Daran hab ich noch gar nicht gedacht, aber jetzt wo du es sagst, könnt ich direkt auch mal zum bieseln gehen."

Sie reckte ihren Kopf in die Höhe um zu sehen, ob sich die Reiseleitung im Bus befand. Sie konnte sie nirgends entdecken, also war die selbige wohl noch draußen und half immer noch beim Getränkeverteilen. Na da würden sich Hannelore und Maria doch mal dazu gesellen und sie waren schon jetzt auf die Antwort ob des Kloproblems gespannt.

Während die beiden sich durch den Busgang nach vorne arbeiteten, informierten sie gleich die anderen Gäste, welche sich sogleich anschlossen, da auch diese noch gar nicht an das Hygieneproblem gedacht hatten. Und wieder schimpften und murrten alle beim Aussteigen, was das alles doch für eine bodenlose Frechheit war usw.

Frau Küberlinger und Erwin versorgten gerade zwei Ehepaare mit Getränken, als die Meute auf sie zukam, Hannelore voran:
"Ja sag mal Küberl, wo sollen wir denn hier eigentlich auf's Klo gehen, ha?"
Die Reiseleitung wusste natürlich eine Antwort:
"Ja gell, hi hi, des machen wir heute mal wie früher im Zeltlager hi hi, wir schlagen uns halt in die Büsche hi hi. Für eine Nacht geht des schon mal, gell, hi hi."
Die Gäste starrten sie alle mit offenen Mündern und großen Augen an, unfähig auch nur ein Wort zu sagen - und diese Starre nutzte Frau Küberlinger sofort:
"Wir haben natürlich auch Klopapier in unserem Notfallset dabei, hi hi, wo denken sie denn hin? Sie sehen also, es ist für alles bestens gesorgt. Was meinen sie, was

des für eine Gaudi wird, wenn ein paar Leut gleichzeitig da hinten verstreut im Wald sitzen, hi hi. Des müssen sie einfach ganz locker sehen.

Sie zeigte auf Erwin und sich und redete weiter.

"Wir haben das schon einmal machen müssen, da hatten wir einmal eine Panne mit dem Bus, des war im Nachhinein richtig lustig, gell Erwin."

Erwin grinste etwas gequält und nickte dabei mit dem Kopf.

Frau Küberlinger machte derweil munter weiter im Text:

"Also wie gesagt, wir haben genug Klopapier für alle, aber es wird ja wohl keiner eine ganze Rolle für sich alleine in einer Nacht verbrauchen. Daher würde ich vorschlagen, es teilen sich immer zwei Personen eine Rolle hi hi. Die können sie übrigens, jetzt wo sie sowieso schon alle draußen sind auch gleich mitnehmen. Erwin, sei doch so gut und hol doch mal den Vorrat her, danke."

Im folgenden Durcheinander von Beschimpfungen, Drohungen und Aufregungen drehte sich Maria etwas beschämt zu Hannelore um und raunte ihr zu:

"Ich muss aber ned nur bieseln..."

Hannelore blickte eine Weile in das verzweifelte Gesicht ihrer Freundin und fing plötzlich zu grinsen an:

"Na dann wünsch ich dir doch mal viel Spaß beim Scheißen im Wald."

Als Maria darauf hin entsetzt nach Luft schnappte, konnte sich Hannelore nicht mehr halten. Sie fing lauthals zu lachen an und je länger sie in das verdutzte Gesicht von ihrer Freundin blickte, desto mehr musste sie lachen. Sie bekam kaum noch Luft und die Tränen liefen aus ihren Augen:

"Und verscheiß ned die ganze Rolle, sonst hab ich nix mehr."

Sprach´s und musste noch lauter und noch heftiger lachen.

Ein paar der umstehenden Gäste, die die letzten Sätze mitgehört hatten, konnten sich nun auch nicht mehr halten und fingen auch an zu lachen. Zuerst kicherten sie, aber schon bald bekam jeder, angesteckt vom anderen, einen richtigen Lachanfall. Am Schluss stand die ganze Gesellschaft grölend, lachend und schenkelklopfend vor dem Bus und Frau Küberlinger und Erwin sahen sich nur verwundert an, waren aber froh, dass die Meute bereits wieder in bester Stimmung war. Konnte die Nacht also gar nicht so schlimm werden.

Hannelore kam jetzt richtig in Fahrt:

"Wissts was, wir müssen die Büsche aufteilen, also ich mein, sonst steigen wir am Ende noch in die ganzen Scheißhaufen rein, verstehts? Also, links is bieseln und rechts is Haufen setzten, ha ha. Und auf der rechten Seite bitte von hinten anfangen, sonst steigen wir ja wieder in den ganzen Scheiß rein, ha ha."

Einzig die Moosleitnerin lachte nicht, sie stand etwas abseits und überlegte kurz, dass dies der passendste Moment war um zu verschwinden. In dem allgemeinen Gelächter nahm von ihr keiner Notiz und die Gepäckluken waren auch alle geöffnet. Sie hatte ihre Tasche schon entdeckt. Unauffällig und langsam schlich sie zum Gepäck, schnappte ihre Tasche und hastete damit um den Bus herum. Kurz orientierte sie sich und marschierte dann entschlossen zur Straße, während sie gleichzeitig ihr Handy heraus holte und die wohlbekannte Nummer wählte. So war das Ganze zwar nicht geplant gewesen, aber mei.

Noch einmal drehte sie sich um, da sie das Gefühl hatte, dass ihr jemand nachschaute. Sie sollte Recht behalten. Ein älterer Herr saß alleine im Bus und sah ihr interessiert nach. Sie drückte ihren Zeigefinger auf die Lippen um Stillschweigen zu demonstrieren, in der Hoffnung dass es funktionierte. Kaum merklich lächelnd nickte der Mann tatsächlich. Geschafft! Jetzt konnten sie alle mal gern haben, das ganze falsche, verratschte und lästernde Rimmshausen und ihr sogenannter Mann. Ja, wenn sie an den dachte, freute sie sich besonders, dass sie es endlich geschafft hatte. Der würde sich wundern! Es war so eine Genugtuung, wie sie die Moosleitnerin noch nie in ihrem Leben gespürt hatte. Dieses Gefühl war so viel besser, so viel intensiver, als sie es sich in ihren täglichen Träumen vorgestellt hatte.

Sie merkte gar nicht, wie ihr die Tränen der Freude, Erleichterung und des Glücks in Strömen über´s Gesicht liefen. Ein halbes Leben lang hatte sie auf diesen Moment gewartet. Adrenalinschübe schossen ständig und unaufhörlich durch ihren Körper, sie hatte das Gefühl, bis an´s Ende der Welt laufen zu können - und verschwand in der dunklen Nacht.

Kapitel 10

Auf dem Campingplatz herrschte mittlerweile eine recht losgelöste Stimmung.

Hilde und Maurice saßen Arm in Arm am Feuer und sangen und schunkelten zusammen, während sie einen alten Schlager nach dem anderen trällerten.

"Hossa! Genau Hilde! Komm einer geht noch", und unter ständigem Kichern versuchte Maurice möglichst wenig vom Wein zu verschütten, als er ihre Becher erneut füllte.

"Vorsicht, ned tröpfeln, wär ja schad um des gute Zeug, ha ha."

"Ich pass´ schon auf, ein paar Tröpferl machen ja nix, wichtig ist, dass wir nicht alles auf einmal verspritzen, gell, ha ha?"

"Ja genau, da wär´s ja scho wieder schad um des gute Zeug", kicherte Hilde frech.

Rosi und Peer saßen gegenüber und erzählten sich lachend, peinliche Geschichten aus ihrem Leben. Beginnend vom ersten Zungenkuss über das erste Mal, bei dem sowieso alles viel zu schnell ging, bis hin zu Liebesnächten, bei denen man am nächsten Morgen nicht mehr wusste wo man eigentlich war und wie man wieder nach Hause kommen würde.

Edeltraud unterdessen saß dümmlich grinsend am Lagerfeuer, rauchte den ersten Joint ihres Lebens und suchte den Himmel nach Sternschnuppen ab, weil sie sich einbildete, dass in dieser Nacht alle Wünsche in Erfüllung gehen müssten. Nein, nicht einbildete, sie war felsenfest überzeugt davon!

Der junge Polizist war inzwischen fast schon am Ende des Campingplatzes angekommen. Er sah den Feuerschein bereits leuchten und schlug den Weg in dessen Richtung ein, um die Botschaft des Betreibers zu überbringen und die Löschung des Feuers zu beaufsichtigen.

Inzwischen entdeckte Maurice immer mehr Vorzüge an Hilde. Sie kuschelte sich an ihn und er konnte ihre weiblichen Rundungen spüren. Er mochte Frauen die weich waren, konnte noch nie etwas mit diesen knochigen, dürren Klappergestellen anfangen, bei denen man meinte, man habe ein Brett im Bett liegen.
Er flirtete heftig mit ihr und Hilde wiederrum gab sich kokett und leicht frivol. Sie genoss dieses Spielchen in vollen Zügen. Wie lange hatte sie schon nicht mehr das Gefühl gehabt, als Frau wahrgenommen zu werden. Sie fühlte sich großartig und Maurice gab ihr das wunderbare Gefühl sexy zu sein. Sie spürte sich mit jeder Faser ihres Körpers und war berauscht durch die ständigen Adrenalinschübe die durch sie hindurch jagten. Es war einfach wundervoll im Hier und Jetzt zu sein und nur den Augenblick zu genießen. Sie konnte förmlich spüren, wie sie von innen heraus strahlte.

Auch Maurice bemerkte das Strahlen und fand sie immer hinreißender. Er wusste, dass er eine verheiratete Frau neben sich hatte, bei der wahrscheinlich schon lange der Alltag auch in´s Schlafzimmer eingezogen war. Umso mehr freute es ihn, dass sie begann los zu lassen und sich auf ihn einließ. Und er wollte ihr einen unvergesslichen Abend und eine noch unvergesslichere Nacht bereiten. Er war sich sicher, sie hatte das verdient. Alle Frauen, denen er auf seinen vielen Reisen begegnet war, hatten das. In solchen Nächten war er immer wieder überrascht, was in diesen Frauen alles schlummerte. Sie gaben sich ihm mit solch einer Leidenschaft hin, sodass auch er schon viele unvergessliche Nächte erleben durfte. Und er meinte es immer ehrlich mit ihnen. Die Frauen wussten worauf sie sich einließen und dass eine Beziehung ausgeschlossen war. Für ihn zählte der Augenblick und das Jetzt. Und wenn ihm das Jetzt eine tolle Frau schenkte, warum nicht zusammen mit ihr genießen und ein schöne Erinnerung erschaffen. Er war glücklich, das war sein Leben und genau so wollte er es. Und wenn er sich Hilde so anschaute, die sich selig aber doch fordernd an ihn lehnte, so wusste er, dass diese Nacht ein weiteres tolles Ereignis werden würde.

Edeltraud erfreute sich immer noch am Suchen der Sternschnuppen. Wie schön doch das Leben und überhaupt der ganze Weltfrieden war. Sie hatte das Gefühl, dass es ihr noch nie besser ging und beugte sich grinsend zu Peer hinüber:

"Du, sag einmal haben wir noch so ein Zigaretterl? Mir geht´s grad so gut, ich merk noch gar nix von dem Zeug. Möcht ma gar ned glauben, gell."

"Oh doch, des wirkt scho, glaub mir, Edeltraud", lachte Peer zurück.

"Nein, nein, mir geht´s einfach grad so gut, ich glaub, da haut mich heut nix mehr um, also wo is des Zeug? Ah ich weiß, in dem kleinen Rucksack hinten, gell? Ich hol uns noch ein Tütchen, wartet kurz."

Und schon sprang sie mit dem Schwung der Vorfreude auf und hüpfte in den Bus um Nachschub zu holen.

Sie kletterte nach hinten und schaute sich nach dem kleinen Rucksack um. Als sie ihn zwischen den bereits ausgelegten Schlafsäcken, Kissen und restlichen Taschen im hinteren Teil fand, machte sie sich lang um daran zu kommen. Sie streckte sich und verlor kurz das Gleichgewicht und landete mit einem "Uff" auf den Schlafsäcken und musste unwillkürlich kichern. Zu sich selbst meinte sie "ui, ui, ui, der Wein hat es aber in sich, mein lieber Scholli."

Sie rappelte sich wieder auf, startete einen neuen Versuch und bekam den Rucksack zu fassen. Da sich bei ihr plötzlich alles leicht drehte, setzte sie sich erst einmal hin, öffnete das Teil und suchte die kleinen Kräutertütchen. Sie hatte schon eines gefunden und wollte gerade damit wieder zu den anderen gehen, als sie weiter unten im Rucksack noch eine viel größere Tüte entdeckte.

Sie betrachtete den Inhalt und kombinierte, dass die beiden Burschen ihnen wohl das bessere Zeug vorenthalten wollten. Na so geht´s ja nicht! Wie hatte

Peer vorher gesagt? Da hauen wir uns jetzt mal einen Chico davon rein. Oder war´s ein Mik?

Während Edeltraud noch im Bus damit kämpfte, den Rucksack wieder zu verschließen, ihr Gleichgewicht zu halten und die große Tüte mitzunehmen, hatte der Polizist die kleine Gruppe zwischenzeitlich erreicht.

"Guten Abend die Herrschaften. Jetzt müssen sie das Feuer leider löschen, schönen Gruß vom Chef da vorne."
"Oh, des is aber schad", meinte Rosi lächelnd "jetzt wo wir uns grade so schöne Geschichten erzählen. Dürfen wir ned no a bisserl länger, Herr Wachtmeister?"
"Na, tut mir leid, gnä´ Frau", erklärte er im schönsten österreichischen Dialekt, " i hob versprochen, dass i des Löschen noch beaufsichtige bevor i dann a endlich Feierobend hob."
"Wos? Feierabend hams dann?", Hilde rappelte sich auf um sich bei dem jungen Mann unter zu haken, "geh, dann setz di doch noch ein bisserl her zu uns, is grad so schön, echt."
Sie zerrte leicht an dem Mann, um ihn zum sitzen zu bringen.
"Mia ham bestimmt no irgendwas zum sitzen oder Maurice?"
Der Polizist versuchte taktvoll den Arm der Hilde los zu werden,
"Naa, heut nimmer gute Frau, lassen´s es gut sein."
"Ah geh, bist doch auch ein netter..."
"Jo i waas scho, aber des geht heut wirklich ned."

Während des Geplänkels der beiden war Edeltraud wieder am Feuer aufgetaucht. Sie hatte den Mann, der mit dem Rücken zu ihr stand interessiert betrachtet und sich mit fragendem Blick an Peer gewandt, als dieser mit großen Augen die Tüte in ihrer Hand anstierte.

Rosi, die den Schreck von Peer mitbekam und blitzschnell die Situation begriff, riss ihrer Freundin die große Tüte aus der Hand und warf sie ins Feuer. Die Flammen loderten und dichter, weißer Qualm stieg auf.

Darauf hin wurden die Augen von Peer noch größer und sein Mund klappte auf und zu, wie bei einem Fisch.

Edeltraud begann zu protestieren, "ja sag einmal, spinnst denn du?"

Da drehte sich der Polizist um und stand ihr gegenüber.

"Ui, was haben wir denn da? Ein junger Offizier."

"Des is ein Wachtmeister, Edeltraud", meinte Hilde kichernd und kuschelte sich wieder an Maurice.

"Der will einfach nicht bei uns bleiben, kannst dir des vorstellen?

Der junge Mann, misstrauisch geworden, wollte gerade fragen, was Rosi denn da gerade ins Feuer geworfen hatte und was das für ein komischer Geruch sei. Er kam aber nicht dazu, denn als sich Edeltraud setzten wollte, verfehlte sie glatt ihren Stuhl und landete wieder mit einem "Uff" auf ihrem Po. Sofort war der Polizist bei ihr und reichte ihr seine Hand:

"Olles in Ordnung, gnä´ Frau?"

"Ui, ui, ui, also der Wein, ich sag´s ihnen..."

"Kommens ich helf ihnen auf."

"Mei des is aber nett, könntens meinen Stuhl gleich mal ein bisserl näher ans Feuer stellen, weil mir is nämlich grad a bisserl frisch, verstehens?"

Und so tat der Polizist wie geheißen und setzte Edeltraud samt Campingstuhl ans Feuer.

Eine leichte Windbö ließ den Rauch kurz in Richtung der beiden wehen, was diesen wiederrum veranlasste, seine Frage nach dem komischen Feuergeruch zu stellen:

"Wos verbrennens denn do eigentlich? Riecht ja ziemlich komisch, ha?"

Und um seinen aufkommenden Verdacht zu bestärken, nahm er noch einen tiefen Atemzug durch die Nase. Er überlegte kurz, nahm noch einen weiteren Zug und meinte verwundert:

"No heast, seids ihr deppert? Habts ebba a Gros gracht? Oiso des geht fei ned, habts ebba no mehra dabei? Do muß i eich jo direkt anzeigen."

Das war für Hilde das Signalwort. Anzeigen. Soweit war sie noch klar im Kopf, dass sie wusste, dass das auf gar keinen Fall geschehen durfte. Also stand sie auf und ging leicht schwankend zum Polizisten, der direkt im Rauch stand. Dank ihrer bereits ziemlich tiefen Hemmschwelle nahm sie die Hand des selbigen, drückte sie auf ihren linken Busen und meinte im "Klein-Mädchen-Jammer-Ton" zu ihm:

"Nein bitte, Herr Wachtmeister, sie können uns doch ned einfach so anzeigen, des dürfens ned. Mei, wir haben doch noch nie was Böses gemacht und o mei o mei", winselte sie weiter, "was des für eine Schand wäre, im ganzen Dorf würdens darüber ratschen, bitte bitte machens des ned. Fühlens doch mal wie mei Herzerl vor lauter Angst und Aufregung bumpert."

Und sie drückte seine Hand noch fester an ihre Brust.

Der junge Polizist, immer noch den Qualm des Feuers einatmend, starrte auf seine Hand und musste ein paar Mal tief Luft holen, um seinen eigenen beschleunigten Herzschlag unter Kontrolle zu bekommen. Noch nie hatte er so einen riesigen Busen in Händen gehalten. Oder war der gar nicht so groß? Er konzentrierte sich auf das Objekt und hatte das Gefühl, dass dieser mal größer und dann wieder kleiner wurde, so als ob jemand die Luft aus einem Luftballon lassen würde um diese aber sogleich wieder rein zu blasen. Er schüttelte den Kopf, drückte die Augen fest zusammen, öffnete sie wieder und starrte mit leicht glasigen Augen in Hildes Gesicht:

"Gnä´ Frau, sie haben einen Wahnsinnsbusen, wissens des?"

"Hmm, ich weiß!" Auch Hilde hatte jetzt leicht glasige Augen und ein dümmliches Grinsen im Gesicht, da auch sie den Rauch ständig einatmete.

Maurice, der die ganze Szene aus sicherer Entfernung beobachtet hatte, lief schnell zum Bus und beförderte noch einen kleinen Klapphocker aus dessen Tiefen hervor, stellte ihn hinter dem Polizisten auf und drückte ihn leicht an der Schulter nach unten, sodass er am Feuer neben Edeltraud saß. Dann zog er noch einen kleinen Flachmann aus seiner Hosentasche und hielt sie dem armen Mann an die Lippen und meinte gut gelaunt:

"So, jetzt nehmens noch ein Schlückerl, dann geht´s gleich wieder besser, gell?"

Artig öffnete der junge Mann den Mund und nahm einen kräftigen Zug. Er hüstelte zweimal und meinte kichernd an Maurice gewandt:

"Jö, wos is denn des für a Teufelszeug ha? Hoho, da hauts da jo an Schädl weg."

Er fixierte den Mann, der da neben ihm stand und stellte fest, "hearst, du host owa kan Wahnsinnsbusen, ha?"

"Nein, den hab ich nicht".

Für Maurice war nun klar, dass von dem Gesetzeshüter in dieser Nach nichts mehr zu befürchten war. Er blickte kurz zu Peer, welcher mit einem leichten Kopfnicken signalisierte, dass alles wieder unter Kontrolle war. Also hackte er Hilde unter und setzte sich wieder mit ihr an´s Feuer. Morgen würde der junge Mann zwar einen ziemlichen Brummschädel aufhaben, aber da wären sie hoffentlich schon über alle Berge. Einen kurzen Moment meldete sich sein schlechtes Gewissen, als er denn Mann selig grinsend auf seinem Hocker sitzen sah, aber da spürte er auf einmal Hilde an seinem Ohr knabbern und alle Gewissensbisse waren verschwunden.

Edeltraud hingegen, die ebenfalls den süßlichen Feuerqualm die ganze Zeit direkt eingeatmet hatte, fühlte sich beschwingt, wie schon lange nicht mehr. Sie machte ihre Jacke auf, stubste den Polizisten an und meinte mit tiefer, rauchiger Stimme:

"Ich hab auch zwei Wahnsinnsbusen für dich!"

Rosi, die wieder etwas klarer im Kopf wurde, drehte sich zu Peer um und fragte zischend:

"Was, um Gottes Willen war in dem Päckchen drin? Des is doch ned normal, dass die alle von dem Rauch so gaga werden oder? Und vor allen Dingen, was war in dem Flachmann?"

"Tja, also im Flachmann, da war nur ein hochprozentiger Schnaps", flüsterte dieser zurück.

"Und in der Tüte?"

"Also ehrlich gesagt, das wissen wir auch nicht so genau. Die hat uns so ein Typ geschenkt, den wir gestern von Hamburg bis Frankfurt mitgenommen haben. Er meinte dass dieses Zeug ziemlich gut sei und recht schnell rein haut."

"Was? Und des nehmt ihr einfach so an? Ja wer weiß denn, was da drinn is, spinnts ihr?"

"Natürlich nehmen wir des nicht. Was glaubst du denn. Wir wollten den Kerl einfach nicht vor den Kopf stoßen, weil er so hartnäckig war und uns unbedingt was für die Mitfahrt "bezahlen" wollte und sein "Geschenk" hätten wir bei nächster Gelegenheit sowieso entsorgt. Wir sind doch nicht blöd. Wir haben jetzt bloß nicht mehr daran gedacht, weil ihr uns ja dazwischen gekommen seid", grinste Peer.

"Ja super und jetzt habens der arme Kerl und die Edeltraud ziemlich heftig abgekriegt. Mei hoffentlich passiert da nix weiter."

"Ich glaub nicht, wenn ich mir die zwei so anschau, dann glaub ich, dass die sich grad ziemlich sympathisch finden und mit der Welt und sich im Einklang sind", meinte Peer lächelnd, " und außerdem glaub ich, dass wir beide jetzt Zeit haben, uns ganz auf uns selbst zu konzentrieren, meinst nicht?", dabei schaute er Rosi tief in die Augen und sie fand, dass sie noch nie ein schöneres Blau als dieses gesehen hatte...

Zu später Stunde war das Lagerfeuer heruntergebrannt und mit ihm auch das ganze "Brennmaterial", welches seine Dienste mehr als hervorragend an den Mann gebracht hatte.

"Ich verrat dir jetzt was", schnurrte Edeltraud mit glasigen Augen zu dem Polizisten, welcher sich als Josef vorgestellt hatte, "ich bin in Wirklichkeit ein Kätzchen."
"Mhm."
"Ein kleines, süßes, schnurriges Kätzchen und alle haben mich total lieb, weil ich so ein schönes Kätzchen bin und schöne Kätzchen haben alle lieb. Aber ich sag dir noch etwas, ich bin kein normales Kätzchen."
"Mhm."
Edeltraud verfiel in einen verschwörerischen Ton und erklärte mit tiefer, rauer Stimme:
"Ich bin ein Superkätzchen. Ich hab Superkräfte. Ich kann fliegen...bis zu den Sternen hinauf...und ich hab einen Stachel, einen Stachel aus purem Gold. Da kann ich jeden Kater damit stechen", sie ahmte mit ihrem Zeigefinger einen Stachel nach und pikste Josef damit in den Oberarm.
"Mhm."
"Und dann gehörens alle mir, die ganzen Kater, mein Lieber! Und was es da alles für tolle Exemplare gibt..."
"So? Mhm."

"Ja, da gibt´s die großen, kräftigen, austrainierten Kater. Mein lieber Herr Gesangsverein, die packen dich zam, hui hui, des is Katzenkraft pur! So eine Art Schwergewichtsboxer-Kater, weißt. Da merkst du jeden Muskel. Die haben Muckis, da wo unser eins gar ned vermutet, dass da auch noch welche sind, mein lieber Scholli. Kein Gramm Fett, der ganze Körper fest und definiert und ein schönes Fell haben die erst, glänzend, einfarbig. Ned so ein Hauskatzengestreift, wie die meisten von uns, weißt."

"Mhm."

Schwärmend und träumend blickte sie zu den Sternen und erzählte weiter:

"Dann gibt´s noch die scheckigen, des sind die tätowierten Kater. Des sind meist die Musiker, die Rockstars unter uns. Die hast meist nie allein, aber so eine Nacht mit denen is auch ned zu verachten. Besonders die Gitarristen und Schlagzeuger, die haben so schöne kräftige Vorderpfoten."

"Musiker? Mhm."

"Ja Musiker, besonders in der Nacht hört man doch ihre Vorstellungen immer ganz gut, da musst mal aufpassen. Einige von denen sind richtig gut!"

"Mhm."

"Aber es gibt auch ganz sensible und romantische Typen, die Langhaarkater, die Künstler. Des san die mit dem hellen, strubbligen Fell oder zwei verschieden farbige Augen oder sowas. Anders halt. Die haben zwar alle irgendwie einen Schuss, aber ich glaub bei Genies is des so. Ich kenn da einen, der kann richtig gut Bilder biesln, so was hast du noch nicht erlebt. Der geht natürlich auch immer nur auf einem Sandboden, um sein Geschäft zu erledigen, sonst würd´s ja keiner sehen, aber dafür kannst mit dem nicht reden. Er hat Angst vor seiner eigenen Stimme, er meint immer, damit würde er die Hunde anlocken und die würden ihn dann fressen. Also echt oder? Aber weißt, manchmal is des auch ganz schön, wenn man vorher ned soviel reden muss...wenn man so einen sticht, dann weiß der was Sache ist und los geht´s!"

Sie beugte sich zu Josef hinüber und flüsterte ihm ins Ohr:

"Des is manchmal richtig schön, kein großes Trara und hinterher kannst gleich wieder deiner Wege gehen, gar ned schlecht, ab und zu. Und ein großer Vorteil von den Künstlern is einfach, die machen halt alles was sie machen, tausend prozentig und ausgiebig und ausdauernd....gar ned schlecht, gar ned schlecht sag ich dir.

Da fällt mir gerade ein, was meinst, was eigentlich passieren würde, wenn ich mal einen Hund mit meinem Superstachel piksen würde? Meinst der würde auch darauf anspringen? Hm, vielleicht probier ich des Mal aus."

"Mhm."

Nach ihrem Redeschwall lehnte sich Edeltraud an Josef und starrte nachdenklich mit glasigen Augen in die Glut.

"Sag mal, was bist du denn eigentlich für ein Kater? Man kann ja dein Fell gar ned sehen unter den ganzen Klamotten da."

Josef drehte langsam sein Gesicht zu ihr, versuchte seine Augen scharf zu stellen, was nicht ganz gelang und erklärte wichtig:

"I? I bin a ganz besondere Mischung. I hob a Tatoo auf meine Gitarrenoarm, i box gern und am liabsten biesel i Mandalas in den Schnee..."

"Ui, ui, ui, ich glaub ich muss heute noch meinen Stachel ausfahren..."

Sie blickten sich grinsend in die Augen und ließen dann beide ihren Blick in die Runde um die Feuerstelle schweifen, nur um dann festzustellen, dass sie beide noch die einzigen waren, die da saßen.

"Jö, wo sans den olle?"

Edeltraud grinste noch breiter und deutete auf den leicht schaukelnden Kleinbus.

"Ah geh, ebba olle viere?"

Sie musste kichern, "ich glaub ned, wenn ich mir des kleine Zelt so anschau."

Josef drehte seinen Kopf in Richtung Zelt und grinste. Er konnte nicht genau erkennen, ob das nun ein Fuß, eine Hand oder mehrere Gliedmaßen waren, die da ständig die Zeltwände ausbeulten. Fakt war für ihn jedoch, dass im Zelt und im Bus kein Platz mehr für ihn und das Superkätzchen war.

Er überlegte kurz, stand auf und zog Edeltraud mit auf die Beine:

"So, du Superkatzerl, jetzt zeigt dir da Superkoda mal, wo er sei Stochl hot, auf geht´s, gemma!"

Kapitel 11

Dienstag, 26.02.2013

Es war noch dunkel und früh am morgen, als im Reisebus die ersten Gäste langsam aufwachten. Dick eingepackt in ihre Jacken und Schlafsäcke hatten sie eine relativ kurze Nacht verbracht. Dies war dem Alkohol geschuldet, dem noch ordentlich vor dem schlafen zugesprochen wurde.

Fast jeder Gast hatte dazu etwas beigesteuert und so waren aus den Reisetaschen einige Mengen an Sekt, Bier und Dosenprosecco ausgepackt und selbstverständlich auch ausgetrunken worden.

Erwin war darauf hin in so guter Stimmung gewesen, dass er alte Trinklieder geträllert und die ganze Gesellschaft zum mitsingen animierte hatte.

Hannelore, die sich an ihr Idol Gotthilf Fischer erinnert fühlte, hatte den Dirigenten gegeben und sich ihre eigenen Fischerchöre erschaffen.

Nun kam sie langsam zu sich und spürte bereits erste Verspannungen in ihren Gliedern. Ihr Rücken schmerzte, der Nacken war steif und irgendetwas drückte ganz unangenehm gegen ihre Hüfte. Sie öffnete langsam die Augen und versuchte gleichzeitig ihre Sitzposition etwas zu verlagern, als sie unter sich etwas Weiches und doch gleichzeitig an manchen Stellen auch etwas Hartes fühlte. Was war das? Sie öffnete ihre Augen und blickte gerade aus über Frau Küberlinger, welche noch auf ihrem Reiseleiterstuhl schlief, durch die Bustüre hindurch auf den Parkplatz. Stirnrunzelnd drehte sie vorsichtig den Kopf nach links und sah sich der großen Frontscheibe und dem Lenkrad gegenüber, welches auch, wie sie nun sah, für die Hüftschmerzen verantwortlich war, da es ziemlich fest in ihre linke Seite drückte. Sie rutschte ein wenig weg, drehte dabei den Kopf nach rechts und blickte geradewegs in das Gesicht von Erwin, der sie mit verschlafenem Blick breit angrinste:

"Na Hannelörchen, das war ein Ritt gestern, was?"

"Was?" Stirnrunzelnd versuchte sie sich daran zu erinnern, was er mit "Ritt" meinte.

"Mir tun direkt die Füße etwas weh vom vielen Tanzen. Aber so viel Spaß hab ich schon lange nicht mehr gehabt, ehrlich. Du bist ja eine richtige Spaßkanone", und dabei knuffte Erwin Hannelore leicht in deren Oberarm.

In diesem Moment kam bei ihr auch die Erinnerung mit einem Schlag wieder. Richtig! Sie hatten Polka getanzt. Sie und Erwin. Den Busgang rauf und runter, während die anderen Gäste lauthals von Sauerkraut und Edeltraut gesungen und geklatscht hatten. Jetzt, als sie die Erinnerungen wieder durchlebte, merkte sie auch ein leichtes ziehen in ihren Beinen. Doch ja, sie hatten ordentlich Gas gegeben. Sie ließ all die Bilder vom Vorabend Revue passieren, beugte sich dann leicht zu Erwin und fragte ihn mit verschwörerischer, leiser Stimme:

"Und warum sitz ich eigentlich bei dir auf dem Schoß?"
Erwin raunte ihr genau so verschwörerisch ins Ohr:
"Das weiß ich auch nicht so genau, um ehrlich zu sein."
Sie blickten sich für ein paar Sekunden an und fingen beide zu kichern an und beschlossen, es dabei zu belassen, dass sie beide eine gemeinsame Nacht verbracht hatten. Bei diesem Gedanken mussten sie noch mehr und noch lauter lachen.

Neben ihnen kam Frau Küberlinger langsam zu sich, richtete sich auf und bedachte die beiden mit einem leicht strafenden Blick, da sie sich ihres Schlafes beraubt fühlte. Eine Sekunde später jedoch wurde auch ihr die gegenwärtige Situation bewusst und sie wuselte routiniert durch den Gang und weckte die schlafenden Gäste mit den ersten Anweisungen des Tages auf:
"Guten Morgen, meine lieben Sänger und Tänzer, hi hi, wenn sie bitte die Schlafsäcke alle zusammenlegen und draußen bei Erwin abgeben möchten? Bei der Gelegenheit sollten sie dann auch gleich die Morgentoilette verrichten, das hat ja prima funktioniert gestern, gell hi hi, dann kommen wir pünktlich los und sehen vielleicht sogar aus nächster Nähe unseren Papst. Und bitte nicht trödeln, jede Minute zählt jetzt, wie sie sich denken können. Wir sind ja schließlich nicht die einzigen die zum Petersplatz fahren, hi hi."

Die gute Laune, welche am Abend und in der Nacht noch vorherrschte, war wie weggeblasen. Ob dies nun dem schweren Kopf, oder der Tatsache, dass man sich ja nun schon wieder in die Büsche schlagen musste, geschuldet war, konnte man nicht sagen. Einige der Damen wollten ihre Taschen haben, damit sie sich die Zähne putzen und wenigstens die Haare kämmen konnten. Diese Bitten wurden jedoch rigoros mit der Begründung abgeschmettert, dass würde zu lange dauern, wenn da jetzt jeder erst einmal seine Sachen zusammen suchen musste. Die Frisur könne man auch mit ein paar Handgriffen bändigen und zum Frühstück war noch ein Vorrat an Äpfeln im Bus. In Notfällen ein ganz gutes Mittel zum Zähneputzen.

Das Gemurre wurde daraufhin wieder lauter und die Stimmung näherte sich schon wieder bedrohlich weit nach unten und drohte zu kippen.

Für Frau Küberlinger Anlass, Hektik zu verbreiten, damit keine Zeit mehr zum Nachdenken für alle Anwesenden blieb.

Sie scheuchte alle aus den Bus in die Büsche. Kaum waren die ersten dahinter verschwunden, dann rief sie schon wieder, dass man sich schnell schnell beeilen solle, da die ersten Reisebusse bereits in Richtung Rom vorbei fuhren.

Aus Erfahrung wusste die Reiseleitung, dass diese Taktik immer funktionierte, da sich immer ein paar Gäste von der vorgespielten Hektik anstecken ließen und dann, wie beim Domino-Effekt, die ganze Sache auf den Rest der Gesellschaft überschwappte. So auch dieses Mal. Die ersten kamen bereits im Laufschritt aus den Büschen gerannt um nur ja nicht die besten Plätze zu verschenken, man wollte ja schließlich ganz nah am heiligen Vater dran sein. Vergessen war die strubblige Frisur und die schmerzenden Knochen von der unbequemen Nacht.

Einzig der Herr Pfarrer stand stirnrunzelnd draußen neben der Bustüre und beobachtete das Treiben der aufgescheuchten Gesellschaft. Wo war die Frau Moosleitner? Er überlegte angestrengt, wann er sie das letzte Mal gesehen hatte. Gestern im Bus, als sie diesen unsäglichen Parkplatz anfuhren? Ja, da war sie noch auf ihrem Platz gewesen. Aber was war danach? Nach der ersten "Busch-Aktion"? Hatte er sie da noch einmal gesehen? War sie wieder in den Bus gestiegen? Sie war auf alle Fälle nicht hinten bei ihm im Bus gewesen, dessen war er sich sicher.

Er versuchte sich selbst zu beruhigen. Die wird halt woanders Platz genommen haben, vielleicht um ein kleines Pläuschchen zu halten und in dem ganzen Gesinge und Getanze wird sie irgendwo weiter vorne geschlafen haben. Oder? Eine ungute Vorahnung überkam ihn. Während seiner Überlegungen füllte sich der Bus wieder und fast alle Gäste saßen wieder auf ihren Plätzen.

Frau Küberlinger und Erwin verstauten die letzten Schlafsäcke während Hannelore neben dem Geistlichen stehen blieb.

"Na Hochwürden, welche Laus ist ihnen denn über die Leber gelaufen? Sie machen ja ein ganz griesgrämiges Gesicht."

Der Herr Pfarrer blickte sich verstohlen nach allen Seiten um dann im Flüsterton zu antworten:

"Ich glaub, die Frau Moosleitner ist weg. Ich weiß nicht recht, aber ich hab sie seit gestern Abend nicht mehr gesehen."

Erstaunt riss Hannelore die Augenbrauen hoch,

"Was? Sie machen Witze oder? Wo soll die denn hin sein?"

"Ja das weiß ich doch auch nicht", flüsterte der Gottesmann weiter, "haben sie sie denn nochmal gesehen?"

Sie wollte gerade einen kleinen Witz darüber machen, als sie das besorgte Gesicht des Pfarrers sah und es sich anders überlegte. Er machte sich wirklich Sorgen.

"Ah geh, jetzt warten sie mal, ich schau schnell mal im Bus nach, wahrscheinlich sitzt sie ganz brav auf ihrem Platz hinten."

"Nein, Frau Hannelore, ich steh hier, seit der Bus ganz leer war und hab genau beobachtet, wer alles wieder eingestiegen ist und die Frau Moosleitner war noch nicht dabei und ehrlich gesagt, hab ich auch nicht das Gefühl, dass die vielleicht noch in den Büschen ist."

"Ich schau jetzt trotzdem nach."

Besorgt sah ihr der Herr Pfarrer nach, da er bereits wusste, dass sie im Bus niemanden finden würde. Er drehte sich wieder um und sah in Richtung Büsche. Ob gestern Abend...., ob da jemand war.... die arme Frau Moosleitner....? Nein! Er verbot sich solche bösen Gedanken! Man las einfach zu viel von derartigen Dingen und außerdem waren ja ständig Leute in den Büschen gewesen, da hätte doch jemand etwas mitgekriegt.

"Sie haben Recht, Herr Pfarrer, da im Bus ist sie nicht." Hannelore steckte ihren Kopf aus der Tür, als Erwin und Frau Küberlinger kamen und die beiden einfach die Treppen hinauf schoben, damit die Reise weiter gehen konnte.

"Also, jetzt schieben´s doch ned so, des geht aber nicht Kübel, wir sind doch keine kleinen Kinder mehr."

"Frau Küberlinger, wir haben ein ernstes Problem", meinte der Pfarrer eindringlich.

"Ernstes Problem? Ts ts, ja wir kriegen eines, wenn sie sich nicht hinsetzen und wir endlich los fahren können. Meinen sie, die warten da am Vatikan extra auf uns und wir haben reservierte Plätze in der ersten Reihe oder wie?"

Kopfschüttelnd und milde grinsend suchte sie bei Erwin Zustimmung, der jedoch nur entschuldigend die Schultern hob.

"Frau Küberlinger", versuchte es der Herr Pfarrer noch einmal beschwörend, "ich möchte sie bitten...", weiter kam er jedoch nicht, da ihm die Reiseleitung ziemlich derb das Wort abschnitt:

"Also Herr Hochwürden, jetzt ist aber gut, sind´s so gut und nehmen bitte auf ihrem Sitz wieder Platz, oder sollen wir gerade IHRETWEGEN zu spät zum Papst kommen? Das wär´ ja die Ironie schlechthin, meinen´s nicht? Also hopp jetzt!"

Das war zu viel für Hannelore. Sie war zwar keine "Vorzeige-Katholikin" und bestimmt in manchen Dingen nicht immer einer Meinung mit der Kirche, aber so sprach man nicht mit einem Pfarrer!

"So, jetzt pass mal auf Kübel", und sie sprach jetzt nicht mehr leise und gedämpft, es war ihr egal, ob der ganze Bus mithörte, "so wie es scheint, haben sie schon wieder eine von ihren Gästen verloren, wenn das so weiter geht, dann kommen morgen nur noch die Hälfte von uns wieder in der Heimat an. Ich an ihrer Stelle würde jetzt mal ganz genau dem Herrn Pfarrer zuhören und ihm vor allen Dingen den nötigen Respekt zukommen lassen, bevor der Heilige Geist oder wer auch immer, auf sie persönlich niederfährt, verstanden?"

Ungläubig starrte Frau Küberlinger zu Hannelore, sah wie sich deren Lippen bewegten doch sie konnte sie nicht hören. Das Wort ´verloren` schrie in ihrem Kopf und gleichzeitig versuchte sie, die wirren Gedanken zu ordnen, die alle auf einmal auf sie einprasselten.
"Hallo? Haben sie mich verstanden?" Wild gestikulierend stand Hannelore immer noch vor ihr.
"Was? Ja, ich meine nein, also jetzt machen sie doch nicht so einen Wirbel, da kann ja kein Mensch denken oder?"
Küberl hatte wieder in ihren Profimodus gewechselt, ließ alles an sich abprallen und gab sich als Herr der Situation ganz gelassen. Sie griff zum Mikrofon und rief Frau Moosleitner aus. Natürlich meldete sich niemand und Frau Küberlinger wandte sich an den Herrn Pfarrer:
"Wahrscheinlich hat die gestern zu viel getrunken und liegt hinten und schläft noch ganz selig."
Sie lief resolut durch den Gang um die Moosleitnerin zu finden und aufzuwecken. Das manche Leute aber auch nie wissen, wann sie genug getrunken haben...
Natürlich fand sie niemanden und wurde ärgerlich. Schimpfend drehte sie sich um und ging wieder nach vorne:
"Also des gibt´s doch ned, die sitzt wahrscheinlich noch in den Büschen. Hätte sich doch kurz melden können, dass es noch etwas länger bei ihr dauert oder? Erwin

mach´ doch bitte mal die Tür auf, wahrscheinlich steht die draußen und wartet bis sie rein kann, du meine Güte!"

"Die steht ned da draußen, die is weg."
Ruckartig drehten alle ihre Köpfe in Richtung der tiefen Stimme und sahen, wie ein älterer Herr in der zweiten Reihe leicht den Kopf schüttelte.

"Die is schon seit gestern Abend weg."

"Waas??", Frau Küberlinger glaubte sich verhört zu haben, "wie kommen sie denn darauf und warum sagen sie das erst jetzt?"

"Mei, mich hat ja keiner gefragt."

"Also jetzt ist aber gut. Wieso ist die seit gestern schon weg und wohin denn um Gottes willen?"

"Ja des weiß ich nicht, gute Frau, aber ich hab gesehen, wie sie mit ihrer Reisetasche Richtung Straße marschiert ist."

"Reisetasche? Straße?"

Frau Küberlingers Stimme überschlug sich beinahe und sie musste sich arg zusammen reißen, damit sie nicht hysterisch wurde und den ganzen Bus zusammen schrie.

"Ja wieso haben sie sie denn nicht aufgehalten hä?" blaffte sie den vermeintlichen Zeugen an.

"Warum sollte ich? Das ist eine erwachsene Frau, die wird schon wissen, was sie macht oder? Außerdem hatte die so einen schönen zufriedenen Gesichtsausdruck, als sie davon ging, glauben sie mir, die wäre sowieso nicht mehr mit uns mitgefahren."

"Also", empörte sich Frau Küberlinger, " woher wollen sie denn das wissen?"

"Gnädige Frau", erklärte der Herr ruhig und gelassen, "wenn sie erst einmal so alt sind wie ich und nur halb so viel Lebenserfahrung gesammelt haben, dann können auch sie Gesten und Ausdrücke an Menschen deuten. Und glauben sie mir, diese Dame war gestern Abend mit sich im Reinen und ich wage sogar zu behaupten, sie war schon lange nicht mehr so glücklich."

"Ts, also jetzt machen sie mal einen Punkt. Was sind sie? Ein Hellseher?"

"Nein, meiner Meinung nach gibt es keine Hellseher, aber es gibt Menschen, die eine bessere Beobachtungsgabe haben als andere und somit viele Dinge sehen können, die anderen verborgen bleiben."

Mit diesen Worten blickte er ihr tief in die Augen. Er hatte schöne, warme, gütige, braune Augen. Für einen kurzen Augenblick konnte sie sich nicht von deren Blick lösen und hatte das Gefühl, dass diese unglaublichen Augen direkt in ihre Seele abtauchten. Und sie ließ es geschehen.

Die Stimme von Hannelore holte sie wieder in die Gegenwart zurück.

"Also Küberl, was machen wir denn jetzt?"

Erschrocken löste sich die Reiseleitung aus der fast hypnotischen Starre, schüttelte sich kurz und blaffte:

"Ja weiterfahren, was denn sonst? Nachdem die Frau Moosleitner ja offensichtlich andere Pläne hatte..."

"Es wird auch Zeit", meldete sich Erwin nun zu Wort, "sonst sind alle guten Parkplätze in Rom besetzt."

Und so nahmen Hannelore und der Herr Pfarrer wieder ihre Plätze ein und der Bus fuhr aus dem

Parkplatz und reihte sich in den immer dichter werdenden Verkehr ein.

Es dämmerte bereits und in der Ferne konnte man Rom erkennen. Dieser Anblick reichte aus, um die vergangenen Ereignisse vergessen zu lassen. Plötzlich war die gesamte Gesellschaft von Spannung und Aufregung erfüllt.

Man war kurz vorm Ziel. Kurz davor, den Heiligen Vater endlich zu sehen. Den bayerischen Papst. Ihren Papst. Ihren Benedict.

Einzig der Herr Pfarrer ließ sich nicht von der Aufregung anstecken. Er hing seinen eigenen Gedanken nach. Die Frau Moosleitner. Das Pfarrfest vor zwei Jahren. Er hatte es damals schon vermutet. War wohl doch mehr daran, als er gedacht hatte. Hm.
Dann musste er grinsen, hatte sie ihn doch tatsächlich ausgeschmiert und er hatte es nicht bemerkt. Von wegen Papst. Sie würde den so gerne auch mal sehen und so weiter. Das war nur Mittel zum Zweck gewesen. Eigentlich hätte er es wissen müssen. Sie war ja noch nie recht gottestreu gewesen - und er konnte es in ihrem Fall sogar nachvollziehen.

Zur selben Zeit drehte sich die Moosleitnerin in dem großen, bequemen Bett auf die andere Seite und kuschelte sich an den warmen Körper neben ihr. Mmh. Endlich, endlich waren sie zusammen. Schön.

Kapitel 12

Hilde kam langsam zu sich. Ihr war kalt. Sie suchte schlaftrunken die Decke, um sich weiter darin zu verkriechen und zu wärmen, als sie sich des Körpers neben ihr bewusst wurde. Sie schlug die Augen auf und blickte direkt auf den schlafenden Maurice. Es dauerte ein paar Sekunden bis sich ihre Gedanken sortierten.

Das Lagerfeuer, der Wein, die Zigaretten, der Wachmann...

Die Zigaretten! Mit kurzer Verzögerung schoss ein Adrenalinschub durch sie hindurch. Ihr wurde heiß und kalt gleichzeitig. Hatte sie wirklich einen Joint geraucht? Oder gar zwei? Nein sie hatte nur daran gezogen oder? Um Himmels willen, was war bloß in sie gefahren? Drogen. In ihrem Alter. Das durfte doch nicht wahr sein! So etwas blöde durfte sie nicht wieder machen. Das sie es überhaupt ausprobiert hatte, erschreckte sie dermaßen, dass ein weiterer Adrenalinschub durch ihren Körper jagte.

Ihr Körper! Plötzlich wurde sie sich ihres Körpers mit jeder Faser bewusst. Sie fühlte in sich hinein, fühlte die Nacht nach und betrachtete dabei Maurice. Dabei konnte sie das dümmliche Grinsen, welches automatisch ihre Gesichtszüge erhellten, nicht steuern. Im Gegenteil, es wurde sogar so breit, wie bei dem sprichwörtlichen Honigkuchenpferd.

Was für ein Mann, was für eine Nacht!

Bereute sie es? Sollte sie es bereuen? Musste sie ein schlechtes Gewissen haben? War sie fremd gegangen? Ja, sie war fremd gegangen. Oder? Nein, eigentlich nicht. Das war eine einmalige Geschichte. Das muss man anders sehen. Es war der Wein, der Joint, die Gelegenheit und vor allem das schöne Gefühl, welches Maurice ihr vermittelt hatte. Sie war letzte Nacht Frau Erotik und Frau Sex pur gewesen!

Hilde war klar, dass er das bestimmt mit all seinen Frauen machte, aber sie hatte auch gemerkt, dass er es trotzdem ernst meinte. Bei ihm merkte man, dass er Frauen liebte, einfach weil sie Frauen waren. Und dieses Gefühl war herrlich gewesen.

Er hatte auch keinen Hehl daraus gemacht, dass daraus mehr werden würde oder dergleichen, nein er war gleich ehrlich gewesen und hatte die Nacht als Moment bezeichnet, der es wert war, gelebt zu werden. Nicht mehr und nicht weniger.

Also beschloss Hilde, dass es das kein fremdgehen war. Sie dachte kurz an ihren Mann zu Hause, schob das aufkommende schlechte Gewissen bei Seite und beschloss, dass sie sich mit diesem Thema später beschäftigen würde. Jetzt wollte sie sich noch einmal an den schönen Mann mit dem schönen Körper kuscheln und die letzten Minuten mit ihm genießen.

Eine halbe Stunde später stiegen Peer und Rosi in der Morgendämmerung aus dem Bus. Sie streckten ihre Glieder, zogen ihre Jacken an und wollten in Richtung Duschen gehen, als Peers Blick auf das Zelt fiel. Das Wackeln der Zeltwände ließ darauf schließen, dass die Insassen ebenfalls wach waren.

"Wer liegt eigentlich da drinnen?" fragte Peer und musste grinsen als er weiter fragte, "und was machen die da? Eine weitere Runde?"

In dem Moment wurde der Reißverschluss herunter gezogen und Hilde kam mit zerzaustem Wuschelkopf auf allen vieren aus dem Zelt gekrochen. Im Vierfüsslerstand versuchte sie erst einmal ihren Rücken zu strecken um dann in die Höhe zu kommen. Das war allerdings nicht ganz einfach, nach so einer Nacht. Sie konnte sich nicht erinnern, wann sie das letzte Mal auf dem Boden, nur auf einer Luftmatratze geschlafen hatte. Da machte sich das Alter nun doch etwas bemerkbar und sie war sich sicher, dass ihr den ganzen Tag alles weh tun würde. Ein kurzer Gedanke an die letzte Nacht, ließ sie allerdings die Schmerzen gern in Kauf nehmen und mit einem seligen Grinsen im Gesicht machte sie sich auf den langen Weg nach oben.

Rosi und Peer standen ruhig da und beobachteten derweil die Szene mit einem amüsierten Lächeln.

Hilde streckte ihren Po in die Höhe und tippelte mit ihren Händen in Richtung Beine. Aber irgendwie waren ihre Arme zu kurz und nun war sie in leicht gebeugter Stellung und ihr war klar, dass sie so nicht hoch kam, denn eine falsche Bewegung und ihr Ischias meldete sich garantiert. Sie erinnerte sich an die vielen Rückenschulen die sie schon absolviert hatte und rief sich ins Gedächtnis, dass man mit der Kraft aus den Beinen aufstehen soll, damit der Rücken geschont wird. Also ging sie noch mehr in die Knie, stemmte die Hände auf ihre Oberschenkel und drückte sich damit ab, während sie gleichzeitig die Beine durchdrückte. Das ganze natürlich in langsamen, bedachten Bewegungen. Als sie endlich gerade stand und sich vollends strecken wollte, blickte sie in die grinsenden Gesichter von Rosi und Peer.

"Na", meinte Rosi gut gelaunt, "alles im Griff?"
"Ja freilich und du?"
Hilde lachte, während sie sich endlich ganz ausstreckte und ihre Verspannungen zu lösen versuchte.
"Wir wollten gerade zum duschen gehen, magst gleich mitkommen?"
"Ja, da geh ich doch mit. Aber wir haben doch gar nichts dabei zum waschen, unsere Taschen sind doch noch in dem blöden Bus.
Peer klärte Hilde auf: "Keine Panik, der gute Jacko hat immer ein Kontingent an Zahnbürsten, Duschgels usw. vorrätig. Jedes Teil für drei Euro."
"Drei Euro für eine Zahnbürste?", ereiferte sich Hilde und wollte weiter protestieren, als Peer abwehrend die Hand hoch hielt:
"Reg dich nicht auf, sei lieber froh, dass er die Sachen da hat. Und warum soll er daran nicht ein bisschen verdienen? Wenn er nichts da hätte, wär´s auch blöd oder?"

"Ach ja, eigentlich hast ja Recht. Also auf zum duschen."

Ein bisschen ekelig empfanden Rosi und Hilde es schon, dass sie frisch gewaschen wieder in ihre alten Klamotten steigen mussten, aber es half ja nichts.

Als die drei eine halbe Stunde später wieder auf dem Weg zu ihrem Stellplatz waren, kam ihnen Maurice strahlend entgegen.

"Guten Morgen ihr zwei", sagte er gut gelaunt in Richtung Rosi und Peer und zu Hilde raunte er "na, schöne Frau?"
Und schon war er in Richtung Duschen verschwunden.
Rosi, die sah, wie sich Hilde freute und wie gut ihr anscheinend die letzte Nacht getan hatte, bekam plötzlich einen Schrecken, als ihr aufging, dass ja noch jemand fehlte.
"Wo ist eigentlich die Edeltraud?"
"Na im Bus oder? Wo denn sonst", meinte Hilde ganz selbstverständlich.
"Nein, im Bus waren nur wir beide", stellte Rosi etwas empört fest, "oder glaubst du ich mach´s vor Zuschauern, ha?"
"Ja. Nein. Ja was weiß denn ich, was du für Vorlieben hast oder?"
"Also bitte, jetzt hör aber auf."
"Mädels", mischte sich Peer nun ein, "wer hier welche Vorlieben hat, ist doch vollkommen egal, die Frage ist wirklich, wo die Edeltraud ist."

Sie liefen etwas schneller zu ihrem Platz zurück und überlegten, wo ihre Freundin sein könnte.

Als dann auch Maurice zurück gekommen war, suchten und fragten sie gemeinsam bei den umliegenden Campern nach, ob diese Edeltraud gesehen hätten. Keiner wusste etwas. Rosi begann sich Sorgen zu machen. Hilde überspielte ihre Furcht, indem sie resolut meinte, die würde schon wieder auftauchen. Peer versuchte den Vorabend zu rekonstruieren. Und auf einmal fiel ihnen der junge Wachmann wieder ein. Wie lange war denn den da gewesen? Hatte den jemand wieder gehen sehen? Der saß doch mit der Edeltraud eng am Feuer. Ja, das war das letzte, woran sich alle noch erinnern konnten, dass die beiden am Feuer saßen und Edeltraud recht mutig mit dem jungen Mann geflirtet hatte. Aber was war dann geschehen? Irgendwann haben sich alle zurück gezogen. Rosi und Peer mussten die ersten gewesen sein, da sie im Bus genächtigt hatten, dann waren Hilde und Maurice ins Zelt gekrochen. Ja wo hätte Edeltraud denn schlafen sollen? Rosi bekam ein ganz schlechtes Gewissen. Da hatten sie alle ihren niederen Trieben nachgegeben, hervorgerufen durch den saublöden Joint, den sie ja unbedingt mitrauchen mussten und haben darüber ganz ihre Freundin vergessen.

Auch Hilde machte sich ihre Gedanken. Wie konnten sie nur so gemein sein? Hauptsache sie hatten ihren Spaß gehabt und die arme Edeltraud hatte keinen Platz zum schlafen gefunden. Dann wurde sie ärgerlich. Die hätte doch anklopfen können, im Bus oder auch sich beim Zelt bemerkbar machen können. Wie blöd ist die denn eigentlich? Hoffentlich war ihr nichts passiert.

Ratlos standen die Vier da und Peer beschloss, schon mal das Zelt und die anderen Utensilien abzubauen und in den Bus zu räumen. Dann hätten sie etwas zu tun und wenn Edeltraud dann auftauchte - und davon war er überzeugt - könnten sie wenigstens gleich los fahren. Der Papst würde mit Sicherheit nicht auf sie warten und je eher sie los kamen desto besser.
Die anderen waren froh, eine Aufgabe zu haben und halfen tatkräftig mit und keine halbe Stunde später waren sie startklar.
Rosi blickte stirnrunzelnd über den Campingplatz und machte sich nun doch ernsthaft Sorgen:
"Mei und wenn doch was passiert is?"
Peer legte seinen Arm um ihre Schultern und beruhigte sie:
"Was soll denn passiert sein? Sie ist eine erwachsene Frau und der nette, junge Mann war doch auch bei ihr. Die werden sich ein gemütliches...."
Mitten im Satz stockte er und blickte geradewegs auf die Gestalt, die gerade um die Kurve kam und langsam mit hängenden Schultern auf sie zugeschlurft kam. Edeltraud!

Rosi, die seinem Blick gefolgt war, fiel ein Stein vom Herzen. Gott sei Dank! Du meine Güte war sie froh, ihre Freundin heil und unversehrt zu sehen. Obwohl...wenn sie genauer hin schaute, dann sah Edeltraud schon etwas komisch aus. Sie lief ihr entgegen und suchte zeitgleich nach Anzeichen einer, ja was eigentlich? Vergewaltigung? Nein! Das war doch albern. Als sie schließlich vor ihr stand, brachte sie zunächst kein Wort heraus. Edeltraud sah sie entgeistert an, ihre Haare standen wild vom Kopf ab, die Jacke hatte sie auf der falschen Seite angezogen und wohl recht erfolglos versucht zu schließen. Jedenfalls war der Reißverschluss zwar eingesteckt aber nur ein Stück geschlossen. Aus der linken Jackentasche hing die Hälfte eines BHs heraus.

"Mein Gott Edeltraud, wo warst du denn? Wir haben uns wahnsinnige Sorgen gemacht. Und wie schaust du denn aus? Ist alles ok mit dir?"

Während sie sprach, stiegen Rosi ungewollt die Tränen in die Augen, so erleichtert war sie ihre Freundin wieder zu sehen. Energisch wischte sie diese mit dem Unterarm weg und merkte erst jetzt, wie angespannt sie wegen der ganzen Situation gewesen war.

"Ach komm her, ich bin froh, dass du wieder da bist", und sie nahm Edeltraud in die Arme. Während sie diese an sich drückte, hörte sie eine Sirene oder besser gesagt ein Geräusch, dass sich anhörte wie eine Sirene vermischt mit Wolfsgeheul.

Sie löste sich von Edeltraud und wollte gerade fragen, ob sie das auch gehört hatte, als ihr klar wurde, dass der komische Ton aus ihrer Freundin kam. Diese stand mit einem entsetzlichen, leidvollen Gesicht vor ihr und stieß schmerzverzerrt wieder diesen hohen Ton aus.

Hilde, Peer und Maurice waren sofort zu ihnen geeilt, blieben aber kurz stehen, als sie wieder den Heulton vernahmen. Sie starrten alle auf Edeltraud und deren

Erscheinung. Jeder machte sich seine eigenen Gedanken deswegen. Hilde fasste sich als erste wieder und ging zu den beiden Frauen hinüber.

"Edeltraud! Mensch wo warst du denn? Wir haben überall nach dir gesucht, sag einmal?"

Als die angesprochene überhaupt nicht reagierte, sondern nur mit leerem Blick in die Ferne blickte, schaute Hilde fragend zu Rosi. Und schon kam wieder ein langgezogener Heulton aus Edeltrauds Kehle. Kurze Pause und der gleiche, langanhaltende Ton noch einmal. Pause. Und wieder und wieder kamen die Töne aus ihrem Hals gekrochen und zeitgleich verzerrte sich auch ihr Gesicht zu einer schmerzvollen Fratze, die den anderen richtig Angst einjagte. Ratlos sahen sich alle einander an. Peer packte darauf hin Edeltraud fest an den Schultern und schüttelte sie ein wenig, um sie wieder zu sich zu bringen. Er bewirkte damit allerdings nur, dass der Heulton noch höher und intensiver wurde. Hilfesuchend drehte er sich zu den anderen um.

Er sah wie Hilde ihre Freundin fixiert hatte, zielstrebig auf diese zu ging, mit der rechten Hand ausholte und ihr mit der flachen Hand eine ordentliche Ohrfeige gab.

Rosi, die furchtbar erschrocken war, sprang instinktiv einen kleinen Satz zurück und schrie Hilde an:

"Ja sag einmal spinnst du? Du kannst doch der Edeltraud ned einfach eine Watschen geben!"

"Und wie ich des kann, hast ja gesehen. Und des war bestimmt ned verkehrt, schau, jetzt hat sie wenigstens wieder Farbe im Gesicht."

"Ja, den roten Handabdruck von dir, also echt!"

Edeltraud gab ein leises Wimmern von sich.

"Siehst, ich sag doch, des war ned verkehrt. Es lebt wieder."

"Es lebt wieder, ts. Also manchmal bist du echt derb Hilde, wirklich."

"Derb? Manchmal braucht´s einfach eine gescheite Watschn."

Rosi wollte gerade zu einer Erwiderung ansetzen als Maurice sie unterbrach:

"Also, sie lebt wirklich wieder, schaut", er deutete auf Edeltraud, die stumm an Peers Schulter ihren Tränen freien Lauf ließ, "lasst sie mal ausweinen, dann wird´s ihr besser gehen. Und der Peer kann ganz gut mit Frauen, glaubt mir."

Er blickte kurz einmal in die ganze Runde und befand, dass nun alle in den Bus einsteigen sollten, Peer und Edeltraud vorne bei ihm und die beiden Damen hinten, damit sie ihre Reise fortsetzen konnte. Die Zeit drängte schon etwas. Und wenn sich die Edeltraud beruhigt hatte, dann würden sie schon noch erfahren was geschehen war. Als Rosi erneut zu sprechen anfangen wollte, gebot er ihr mit erhobener Hand einhalt.

"Ich weiß was du denkst, aber ich glaub nicht, dass was schlimmes oder gar ein Verbrechen statt gefunden hat."

Rosi schloss ihren Mund und nickte nur ergeben. Wahrscheinlich hatte er ja Recht.

Also gingen sie alle zum Fahrzeug, verstauten noch die letzten Sachen, nahmen die angeordneten Sitzpositionen ein und Maurice fuhr los.

Nach einer ruhigen, kurzen Fahrt, in der alle ihren eigenen Gedanken nachhingen, waren sie in Rom angekommen. Maurice war zielsicher und geübt auf kleinen Umwegen dem Verkehrschaos entgangen und so waren sie in einem kleinen, idyllischen Hinterhof angekommen.

Leider hatte keine von den Damen im Moment ein Auge für dieses wunderschöne Kleinod. Umrahmt von vier schmalen, dreistöckigen Häusern, ein jedes in einer anderen Farbe, stand in der Mitte des Hofes ein kleiner Brunnen, um den herum sehr geschmackvoll viele verschieden große Amphoren arrangiert waren. An den Häusermauern luden verschnörkelte, gusseiserne Stühle zum verweilen ein. Verschiedene Pflanztröge, welche im Frühjahr bestimmt eine grandiose Blumenpracht hervor bringen würden, standen zwischen Stühlen und Brunnen und ließen das ganze Bild wie ein geordnetes Chaos erscheinen.

Maurice ging voran auf das blaue Haus und drückte auf einen Klingelknopf. Kurz darauf sprang die Tür auf und zeitgleich hörten sie eine männliche Stimme, die im Treppenhaus wie ein Maschinengewehr plärrte.

Peer rief lachend:

"Ja, wir freuen uns auch, dich wieder zu sehen!"

Als die ganze Meute im zweiten Stock angekommen war, stürzte sich der plärrende Italiener sofort auf Maurice, drückte ihn herzlich und gab Küsschen auf die Wangen, gleich drei Stück, links, rechts, links.

"Mama mia, isse schön euch wieder zu sehe."

Sprachs und nahm gleich noch Peer in die Arme.

"Mi Amigo, buongiorno, wie gehte es dir eh?"

"Sehr gut, Luigi, danke."

Luigi grinste über das ganze Gesicht, dann bemerkte er erst die Damen, die abwartend im Hintergrund standen.

"Oh, wer sinde die schöne Fraue? Mama mia, Entschuldigunge, gestatten meine Name isse Luigi."

Er nahm die Hand von Edeltraud und gab ihr, ganz Gentleman, einen formvollendeten Handkuss.

Edeltraud, noch immer nicht ganz die Alte, starrte ihn nur mit offenem Mund an und drückte ihre Hand sofort an ihren Busen und bedeckte diese noch mit dem anderen Arm.

Luigi wirkte etwas irritiert, wagte aber gleich tapfer den nächsten Versuch und begrüße Hilde ebenso mit einem Handkuss und setzte dabei noch ein strahlenderes Lächeln auf.

"Oh, ja Hallo, ich mein buongiorno, ich bin die Hilde."

"Hiillde, wasse eine schöne Name", und mit Blick auf Rosi meinte er gleich weiter, "und wer isse diese schöne Frau?"

Rosi streckte ihm ihre Hand entgegen: "ich bin die Rosi, buongiorno."

"Rrrosse, mmh, dasse der richtige Name für dich, Bella."

Er zwinkerte ihr kurz zu und wandte sich wieder an Maurice und Peer.

"Wase stehe so rum, komme alle rein zu mir, habe genug Platz für alle und wir trinke jetzt erst Mal gute, italienische Espresso, si?"

Er ließ alle eintreten und raunte Rosi, die als letzte an ihm vorbei ging, zu:

"Wase is mit der anderen Frau? Isse di nicht ganz dicht?" Er klopfte sich dabei mit dem Finger an die Stirn.

"Nein, nein die ist schon in Ordnung, hat nur a bisserl viel durchgemacht die letzten Stunden."

"Oh, si si, verstehe, dase wir kriege schon wieder gut, eine gute Espresso hilfte immer, si?"

"Si."

Eine Stunde später, nach etlichen "molti buon Espresso" kannte Luigi die ganze Geschichte mit dem verpassten Bus (die nächtlichen Abenteuer waren selbstverständlich ausgelassen worden, jedoch hatte Rosi das untrügliche Gefühl, dass sich der spritzige Italiener das auch so zusammen reimen konnte...) und gab selbstverständlich seine Einwilligung, dass die Damen bei ihm übernachten durften.

Geschäftig sprang er auf und erklärte hilfsbereit:

"Ok, die schöne Fraue kriege natürlich dasse Schlafzimmer, da isse eine große Bett, reichte für alle drei, si? Und wir Männer schlafe in die Wohnzimmer auf die Couch und Boden, isse keine Problem si?"

"Was? Auf dem Boden?", Hilde schaute fragend zu Luigi, "aber des is doch auch blöd...."

"Hiillde, ihre seit alle willkomme, i habe nicht viele Platz, aber füre eine oder zwei Nacht is buono, si?" Und mit einem Augenzwinkern fügte er hinzu: "und außerdem isse billiger wie in die Hotel, aber da isse jetzt sowieso nixe mehr frei, wege die Hl. Vater, si?"

Nachdem sie das Bett samt Decken und Kissen neu bezogen hatten, lagen die drei Damen auf demselben und starrten alle an die Decke. Es war das erste Mal, dass sie, seit Antritt der Reise, wieder alleine waren und etwas zur Ruhe kommen konnten. Erschöpfung machte sich breit und eine jede ließ die Ereignisse noch einmal Revue passieren. Für alle fühlte es sich an, als wären sie schon mindestens eine Woche von zu Hause fort, so viel war passiert. Das sie erst am Vortag zu dieser Reise aufgebrochen waren, erschien ihnen wie ein Traum.

Rosi drehte den Kopf zu Edeltraud und blickte diese nachdenklich an:
"Magst nicht erzählen was gestern passiert is? Vielleicht geht´s dir dann besser, wenn mal alles raus is, meinst nicht? Und jetzt sind wir alleine."
Edeltraud schaute lange in das Gesicht ihrer Freundin, man konnte direkt sehen, wie sie mit sich rang, ob sie erzählen sollte oder nicht. Schließlich schüttelte sie leicht den Kopf und meinte leise: "ich kann nicht".

Hilde, die sich freute, dass Edeltraud überhaupt wieder gesprochen hatte, nahm das als positives Zeichen, setzte sich abrupt auf und meinte zu Rosi:
"Vielleicht sollten wir erst einmal von unserer Nacht erzählen, dann is vielleicht nicht mehr so schlimm für die Edeltraud, was meinst?"
Und mit einem Grinsen fügte sie hinzu, "mich würd´s nämlich schon interessieren, wie deine Nacht so war..."
Rosi wollte gerade widersprechen, dass es die anderen überhaupt nichts anging, was sie und Peer gemacht

hatten. Beziehungsweise, was sie gemacht hatten, dürfte jedem klar sein, nur das wie und so weiter, also das war nun wirklich ihre Sache. Aber just in diesen Überlegungen kam die leise Stimme von Edeltraud:

"Ja, fangts ihr mal an, ich glaub dann geht´s bei mir auch besser."

Das war das Stichwort für Hilde! Noch bevor Rosi einen weiteren Gedanken fassen konnte fing Hilde schon mit ihrer Geschichte an.

Ein Hammer sei des gewesen, der absolute Wahnsinn, diese Nacht würde sie nie vergessen. Dieser Maurice war ein Traum von Mann. Ein Wahnsinns-Körper, kein Gramm Fett, alles durchtrainiert und geformt, inklusive Waschbrettbauch und Knackarsch. Dazu kam ja noch, dass der so nett war, gar kein so selbstverliebter Gockel, wie das einige oft so sind. Nein, der war richtig toll!

Bei diesen Worten bekam Hilde ganz glasige Augen, verweilte ein bisschen in ihren Erinnerungen und erzählte schließlich weiter.

Also am Lagerfeuer, da hätte sie die unglaubliche Chemie zwischen ihnen bemerkt.

Den Einwand von Rosi, dass dies eventuell dem Joint zuzuschreiben war, tat sie mit einer kurzen, wegwerfenden Handbewegung und einen "Ach" ab. Es hat halt gepasst und fertig. Und wie es gepasst hat, mein lieber Schieber! Ganz schön wild sei es hergegangen, irgendwie hat´s schon pressiert. Bis zu diesem Abend hatte sie noch nie einen Mann gehabt, der ihr die Kleider regelrecht vom Leib gerissen hat. Und auch sie hatte das bis dahin noch nie gemacht, aber anscheinend waren wohl alle Hemmungen weg gewesen und sie hatten ordentlich Gas gegeben.

"Also ich sag´s euch Mädels, des war scho heiß, ehrlich, mei ich werd scho wieder ganz wuschig, wenn ich nur daran denk. Und küssen konnte der, wie ein junger Gott...mmh", dann grinste sie wieder, als sie erzählte, dass es sogar noch eine zweite Runde gegeben hatte.

"Und des war unbeschreiblich."

Hildes Blick war träumerisch in weite Ferne gerückt:

Es war langsam, romantisch. Maurice hatte ihren ganzen Körper erkundet und heiße Küsse darauf hinterlassen, die sie halb wahnsinnig gemacht hatten.

Rosi wurde es etwas unbehaglich. Sie wusste nicht, ob sie das alles von ihrer Freundin überhaupt wissen wollte, war jedoch mittlerweile auch so fasziniert von Hildes Schilderungen, dass sie diese nicht unterbrechen wollte.

Hilde erzählte weiter und man hatte das Gefühl, sie durchlebte alles noch einmal.

Ja und dann hätten sie sich wieder geliebt. Dieses Mal anders, intensiver, länger einfach unglaublich. In diesem Moment wollte sie einfach nicht, dass die Nacht je zu Ende ging.

Sie machte eine kurze Pause und Edeltraud und Rosi, die an ihren Lippen hingen, stießen einen kleinen Seufzer aus.

Hilde schnaufte tief durch, streckte ihren Rücken und blickte in die leicht geröteten Gesichter ihrer Freundinnen.

"Wahnsinn gell? Es war echt gigantisch." Dabei schüttelte sie leicht ihren Kopf, so als könnte sie es selbst nicht glauben, was sie erlebt hatte.

"Ja und in der Früh haben wir dann nochmal. So zum Abschluss quasi", grinste Hilde, "aber da war´s dann auch gut, des sag ich euch."

"Wieso?", wollte Rosi wissen.

"Na weil ich scho ganz wund bin, was glaubst denn du? Ich bin des ja gar nimmer gewohnt, so oft hintereinander."

Rosi und Hilde schauten sich an, dann fingen beide lauthals zu lachen an. Sie lachten, bis ihnen die Tränen kamen und sie sich auf dem Bett kugelten.

"Und soll ich euch noch was sagen, ich bin ned nur wund, mir tun alle Knochen weh, ich komm mir vor, als wäre mein Körper voll mit blauen Flecken. Schnackseln an ungewöhnlichen Orten is ja mal ganz nett, aber in unserem Alter sollten wir schon schauen, dass der Untergrund wenigstens weich is."

Und wieder brachen sie in schallendes Gelächter aus. Edeltraud grinst leicht.

Irgendwie entstand da gerade ein Band und zwar ein ganz besonderes. Geschuldet der Offenheit, mit der Hilde alles erzählt hatte. Und Rosi hatte das Gefühl, dass die drei von nun an, durch diese Geschichte und die ganze verrückte Reise noch vertrauter wurden als sonst. Diese Vorstellung gefiel ihr. Freundinnen zu haben, echte Freundinnen, denen man alles erzählen konnte, die einen verstanden oder zumindest nicht verurteilten. Mit einem warmen, glücklichen Lächeln betrachtete sie die beiden anderen und fand, dass es nun an Zeit war, ihre Geschichte zu erzählen:

"Also wir hatten zwar eine weichere Unterlage, aber mein Körper tut genauso weh, glaubt´s mir. Der Peer kann, glaub ich, des ganze Kamasutra und zwar vorwärts und rückwärts."
"Waas?" Hilde war wie elektrisiert, setzte sich kerzengerade im Schneidersitz hin und forderte Rosi auf, sofort alles zu erzählen. Auch Edeltraud hatte große Augen bekommen.
"Mei, was soll ich sagen, irgendwie waren wir auf einmal im Bus und haben geknutscht, wie des halt so is, oder?"
Sie errötete leicht und erzählte weiter.
Toll sei es gewesen, ein durch und durch toller Liebhaber war der Peer, aufmerksam, zärtlich, seine Hände waren überall und er schmeckte so gut...auch sie sei noch nie so geküsst geworden. Wo die zwei des wohl gelernt haben? Und bei ihnen war es genau anders herum gewesen, die erste Runde war langsam, man erkundete sich und genoss einfach. Herrlich.
Mit einem Grinsen fügte sie hinzu: "ich glaub der hat eine ganze Stunde lang durchgehalten, Wahnsinn oder?"
"Und dann?" Hilde rutsche ganz aufgeregt auf dem Bett herum.
Dann, ja dann kam Runde zwei und die hatte es in sich. Im Nachhinein glaubte Rosi, dass Peer den ersten Akt als Aufwärmung genutzt hatte, um sie beide geschmeidig zu machen...

"Jetzt mach´s ned so spannend...", Hilde war am zerplatzen.

Und Rosi bekam denselben, entrückten Gesichtsausdruck wie zuvor schon Hilde und sie beschrieb weiter ihre letze Nacht.

Es sei ganz normal wieder los gegangen, mit kuscheln, küssen, streicheln und so weiter. Irgendwie waren dann irgendwann ihre Beine, seine Beine und überhaupt alles an ihnen irgendwie verschlungen. Sie wusste gar nicht mehr, wie das alles geschehen war, wie er das gemacht hatte, aber es war gigantisch! Einmal saß sie in halb gedrehter Stellung auf ihm, dann war sie wieder fast im Spagat, den sie eigentlich noch nie konnte..., dann wieder halb stehend auf einem Bein... und das in dem kleinen Bus, das müsse man sich mal vorstellen. Aber es war himmlisch, ganz neue Dimensionen hatte sie erreicht und wenn sie dachte es geht nicht mehr, hatte Peer ihr gezeigt, dass noch viel mehr möglich war und sie auf noch höhere Ebenen, die weit über das zuvor Erlebte hinaus gingen, mitgenommen.

Rosi machte eine kurze Pause um ihren Pulsschlag und ihre Atmung wieder zu beruhigen. Hilde und Edeltraud saßen ganz gebannt da und starrten sie nur an. Keiner sprach ein Wort, damit diese seltsam aufgeladene Stimmung nicht gebrochen wurde.

Dann blickte Rosi ihre beiden Freundinnen an, fasste einen Entschluss und erzählte leise weiter:
"Ich muss euch ganz ehrlich sagen, dass ich mich noch nie so intensiv als Frau beim Sex gefühlt habe. Der Peer

hat´s echt geschafft, dass ich das Gefühl hatte, ich bin sexy, ich bin toll, die beste Geliebte der Welt und das er mit keiner Frau je so guten Sex hatte wie mit mir. Des is doch total bescheuert oder? Und ich hab noch nicht einmal ein schlechtes Gewissen wegen meinem Rolf. Des is doch ned normal oder?"

"Also ganz ehrlich, mir geht´s genau so", meinte Hilde, "ich hab gestern vor dem Einschlafen kurz an den Hannes gedacht, aber irgendwie war da auch keine Reue. Ich hab heute schon während der Fahrt die ganze Zeit darüber nachgedacht. Und soll ich euch was sagen? Es is mir egal. Es is passiert, es war toll, mir hat´s gut getan, fertig. Des heißt ja ned, dass ich jetzt mit jedem der mir übern Weg läuft in die Kiste spring oder? Ich bin sogar überzeugt, dass des gestern wirklich des einzige Mal war und sein wird, dass ich untreu war. Ist in dreißig Jahren Ehe, sowieso ned schlecht find ich."

"Na ja", meinte Rosi zweifelnd, "richtig war´s aber trotzdem ned und ehrlich, ich bin schon ein bisserl geschockt von mir, des hätt ich gar nicht gedacht, dass ich mich mal so gehen lassen würde."

Sie überlegte kurz weiter, "aber schön war´s schon. Und mir tut übrigens auch alles weh. Ich hab jetzt schon einen Muskelkater von den ganzen Verrenkungen und des an Stellen, wo ich gar keine Muskeln vermutet habe, echt. Und auf einem Rucksack oder was weiß ich, was da noch alles lag, hab ich auch noch nie Liebe gemacht..."

Hilde stutze kurz und fing schallend zu lachen an. Auch Edeltraud grinste mit, wurde aber kurz darauf wieder ernst und meinte:

"Des war alles wegen dem Joint. Des dürfen wir nie wieder machen! Versprechts mir, dass keine von uns je wieder so einen Scheiß macht, wir hatten ja gar keine Kontrolle mehr über uns und diese Hemmungslosigkeit ist gefährlich, glaubt´s mir. Wer weiß was da hätte alles passieren können. Bitte, des dürfen wir nie wieder machen, ok."

Fast flehentlich und mit glasigen Augen schaute sie die beiden anderen Frauen an.

Diese wurden wieder ernst. Sie wussten, dass ihre Freundin Recht hatte und versprachen ihr, nie mehr so einen Mist zu machen. Alle waren sich einig und Rosi sah Edeltraud eindringlich an.

"Magst uns nicht erzählen, was letzte Nacht passiert is?"

Edeltraud holte tief Luft, schaute aus dem Fenster und bedeckte beim langen ausatmen das Gesicht mit beiden Händen. Jämmerlich nuschelte sie:

"Mei o mei, des is so furchtbar, ich schäm´ mich so."

Hilde rutsche zu ihr hin, legte den Arm um ihre Schultern, "geh, du brauchst dich doch nicht zu schämen, hast doch gehört, was die Rosi und ich erzählt haben, oder? Recht viel schlimmer kann´s ja bei dir auch ned gewesen sein oder?"

"Doch", wimmerte sie weiter, "bei mir war´s ned zweimal oder dreimal in der Nacht, es war nur einmal..."

"Na des is doch ned schlimm", sprach Hilde aufmunternd auf sie ein.

"Doch! Es war nur einmal - aber des mit zwei Männern gleichzeitig!"

Kapitel 13

Der Reisebus hatte inzwischen am Rande von Rom geparkt und nun war die Gruppe schon seit gut einer halben Stunde zu Fuß unterwegs zum Petersplatz.

Sie trotteten brav in Zweierreihen hinter Frau Küberlinger her, die doch tatsächlich einen weiß/blauen Regenschirm in die Höhe hielt, damit sie sich nicht verlieren würden. Sie fand die Idee mit dem bayerischen Schirm in jeder Hinsicht passend. Ein bayerischer Papst, eine bayerische Reisegesellschaft, ein bayerischer Schirm. Schön.

Das Wetter war herrlich. Kalt, aber die Sonne strahlte vom blauen Himmel, als wollte der liebe Gott seinem höchsten Diener persönlich danken.

Menschenmassen strömten durch die Straßen und Gassen von Rom. Alle wollten noch einmal Papst Benedikt XVI. sehen und bei diesem historischen Ereignis dabei sein, wenn ein Papst in den "Ruhestand" geht.

Als die Reisegesellschaft um die letzte Ecke bog und direkten Blick auf den Vatikan und den Petersplatz bekam, stiegen "ooh´s" und "aahh´s" aus den Kehlen empor, teilweise wegen dem wirklich unglaublichen Anblick und teilweise angesichts der Menschenmenge, die schon vor Ort versammelt war. Majestätisch präsentierte sich der Vatikan in der Morgensonne. Der Petersplatz war voll mit Menschen, Gruppen, Anordnungen. Es wurden Fahnen geschwenkt, Lieder gesungen, das Bayernlied wurde von einer Blaskapelle aus Bayern gespielt und immer mehr Menschen drängten hinzu.

Die Gruppe versuchte sich auf der rechten Seite so weit wie möglich vorzuschieben. Angesichts des mittlerweile recht desolaten Zustandes der einzelnen Teilnehmer ernteten sie dabei den ein oder anderen verwunderten und erstaunten Blick. Kein Wunder, denn mit dem Fußmarsch durch Rom, nach der halb durchgeschlafenen und durchzechten Nacht im Bus, war nun die Grenze der Belastbarkeit aller Reisenden erreicht.

Schließlich hatten sie im hinteren Drittel des Petersplatzes eine geeignete Stelle gefunden, an der sie alle eine relativ gute Aussicht hatten und beschlossen, dort stehen zu bleiben. Und wieder wurde die Truppe von den Umstehenden doch höchst erstaunt betrachtet.

Was war denn das für eine Gruppe? Wie sahen die denn aus? Wo kamen die denn her? Also für den Papst hätten man sich schon etwas zu Recht machen können. Muss man denn so auf dem Petersplatz erscheinen? Hoffentlich wurden diese komischen Leute nicht im Fernsehen gezeigt. Das die sich nicht schämten... Diese und noch viele andere Gedanken spiegelten sich in vielen Gesichtern wieder. Es war aber auch ein komischer

Anblick. Irgendwie standen da bei jedem die Haare in alle Richtungen ab oder waren, meist hinten, noch ganz verlegt. Die Kleidung war ziemlich verknittert und zerknautscht, genauso wie manche Gesichter. Eine junge Italienerin, die direkt neben ihnen stand, überlegte, was das für ein seltsamer Geruch war, der hier immer wieder mal ganz leicht in ihre Nase strömte. Leicht würzig streng...

Die Frau Küberlinger fuchtelte mit ihrem Schirm wild gestikulierend umher und erklärte, wo und wann sie sich alle wieder treffen würden, falls der ein oder andere von der Gruppe getrennt würde, was ja angesichts der Menschenmassen schon mal passieren könnte.

Hannelore, die ganz überwältigt war, ob des perfekten Zusammenspiels von Wetter und dem bevorstehenden Ereignis, bekam einen Adrenalinschub, spürte geradezu eine Energie in sich, die in ihr einen verrückten Gedanken aufkommen ließ. Sie hatte ein Dauergrinsen im Gesicht und stubste Maria an:
"Geh komm, mach mal so ein Selfie von mir, mit dem Papst seinem Balkon im Hintergrund." Sie kramte in ihrer Tasche nach dem Fotoapparat während Maria kopfschüttelnd meinte:
"Hannelore, a Selfie musst schon selbst von dir machen, drum heißt des doch so, also echt und außerdem hast du doch gar kein Handy oder?"
"Ja ich bin ja ned deppert, freilich weiß ich, dass man des normalerweise mit einem Handy macht, aber des is doch wurscht, hauptsach´ ein Selfie."

"Wenn ich dich jetzt fotografier, dann is des wie ein ganz normales Foto, wie immer halt."

"Nein, is ned. Und weißt warum? Weil wir ein Selfie á la Mistmatz machen, hi hi?"

"Was?" Maria stutze und konnte Hannelore im Moment nicht folgen.

"Na so eines halt, wie es die Mistmatz vom Metzger gemacht hat, weißt no? Heulend und dann dazu schreiben, "Ist es das, was ihr wollt?" Und des verschicken wir dann."

"Wem willst denn des schicken? Und der Spruch passt doch gar ned dazu."

Hannelore überlegte kurz.

"Hm, ja hast Recht. Aber den Spruch kann ich mir ja noch überlegen, auf alle Fälle machst jetzt ein Mistmatz-Foto von mir."

Und mit einen tiefen Lachen drehte sie sich mit dem Rücken zum Vatikan und verzog ihr Gesicht so gut sie konnte zu einer Fratze, die aussah, als würde sie weinen und schreien zu gleich während Maria abdrückte.

Eine kleine Gruppe aus Spanien betrachte das Gebaren von ihr mit Stirnrunzeln und leichtem Kopfschütteln.

Zur gleichen Zeit saßen Hilde und Rosi mit offenen Mündern auf dem Bett in Luigis Schlafzimmer und konnten immer noch nicht fassen, was ihnen Edeltraud da offenbart hatte. Mit zwei Männern gleichzeitig?

Hilde fasste sich als erste wieder: "du spinnst, des is ned wahr oder?"

Als Antwort bekam sie wieder den unheimlichen Heulton von Edeltraud zu hören, welche mit den Händen vorm Gesicht auf dem Bett saß und sich vor und zurück wiegte.

Auch Rosi fand ihre Sprache wieder: "ich kann´s gar ned glauben, erzähl´, wie war´s? Ich mein, also wie is des passiert und wo warts ihr? Ja und mit wem denn eigentlich?"

Edeltraud nahm ihre Hände vom Gesicht, blickte lange in die beiden Gesichter ihrer Freundinnen, und begann zu erzählen:

"Also..."

In dem Moment ging die Schlafzimmertüre auf und Peer steckte seinen Kopf herein.

"Also wenn wir den Papst noch sehen wollen, dann sollten wir allmählich losziehen."

Hilde fuchtelte wild mit ihrer Hand in der Luft und gab gereizt zurück: "wir haben jetzt keine Zeit."

"Ja, aber der Papst?"

"Jetzt nicht", meinte Rosi nicht minder ärgerlich.

Peer starrte etwas verwirrt auf das Dreiergespann auf dem Bett.

"Wie jetzt nicht? Wir haben keine Zeit mehr, die fangen auch ohne uns an, glaubt mir."

Ein zweistimmiges, laut gerufenes "RAUS" von Rosi und Hilde brachte ihn schließlich dazu, verwundert die Türe wieder zu schließen.

"Also Edeltraud, jetzt erzähl mal in Ruhe, was bei dir los war", Hilde legte die Hand ihrer Freundin in ihre und drückte diese aufmunternd.

"Ja also des war so, ich bin doch mit dem Josef am Feuer gesessen und..."

"Also Signoras, so gehte dasse nichte, wasse is denn los, der Heilige Vater, Mama mia", wurden sie erneut unterbrochen.

Dieses mal von Luigi der mitten im Zimmer stand und wild gestikulierte, "könne Probleme auf später verschiebe oder gleich mitnehmen und von di Papst verschwinden mache, si?"

"Ja herrschaftzeiten", schimpfte Hilde, "san wir da im Irrenhaus oder was? Wir wollen unsere Ruhe haben, ist des so schwer zu verstehen, ha? Silencio, verstehe?"

Und mit diesen Worten war sie vom Bett gekrabbelt und schob Luigi vehement aus dem Zimmer.

"Aber Signora, bitte, ihr wolle doch zu de Papst si?"

"Ja der muss jetzt warten. Wir haben jetzt andere Sorgen."

"Sorge? Dann musse sofort zu de Heilige Vater, si, wenn einer helfe kann, dann er."

"An Scheiß kann der, glaub mir, wenn der wüsst´ was bei uns los war...so und jetzt lassts uns gefälligst in Ruhe, ok, bene, kapische?"

Sie ließ den verdatterten Luigi vor der Türe stehen, schloss die selbige und sperrte vorsichtshalber auch gleich ab, damit keiner mehr stören konnte.

Luigi drehte sich zu Peer und Maurice um, die das Ganze von der Couch aus beobachtet hatten.

"Mama mia, wase für eine Temperamente, eh? Hatte sie Vorfahre aus Italia?"

Peer und Maurice zuckten nur gelassen mit den Schultern.

Luigi betrachtete die beiden mit zusammengekniffen Augen, legte den Kopf schief und meinte schließlich:

"Ihr zwei habte nicht zufällige mit de Sorge von die Signoras zu tun?"

"Wir?"

"Si, ihr! Wie lange schon unterwegs mit die Damen? Oder solle ich sage, wie viele Nächte?"

Maurice stand auf und legte kameradschaftlich seinen Arm und die Schultern von Luigi:

"Also genau seit gestern und somit seit einer Nacht. Aber glaub mir, wir sind bestimmt nicht daran schuld, wenn die jetzt irgendwelche Sorgen haben. Was wir gemacht haben, hat gepasst, bestimmt auch bei den Damen, glaub mir, du kennst uns. Allerdings wissen wir auch nicht, was mit der Edeltraud passiert ist, aber das werden die da drinnen jetzt schon auf die Reihe kriegen."

Peer mischte sich ein: "Genau. Du weißt ja, immer ehrlich und zuvorkommend, da hat sich nichts geändert. Und es war schön, sowohl für die Damen als auch für uns, glaub mir, oder Maurice?"

"So ist es", lachte dieser und schob Luigi in Richtung Türe, damit sie sich auf dem Weg zum Petersplatz machen konnten.

Immer noch strömten hunderte von Menschen aus allen Richtungen auf den Petersplatz.
Peer, Maurice und Luigi reihten sich ein und ließen sich mit der Menge treiben. Die Stimmung war kaum zu

beschreiben. Ein freudiges und friedliches Miteinander von allen Nationen, die hier vertreten waren.

Als sie am Petersplatz ankamen, verschlug es auch ihnen erst einmal die Sprache.

Alle erwarteten mit Spannung den letzten Auftritt des Pontifex und was er ihnen mit auf den Weg geben würde. Überall hörte man "Benedetto"-Sprechchöre, deutsche und bayerische Flaggen wurden samt selbstgemalten Plakaten in die Höhe gehalten. Laut Berichten zufolge sollten es an die 200.000 Besucher werden.

Peer, Maurice und Luigi hatten ihren Platz gefunden und ließen sich von der wunderbaren Stimmung leiten und stiegen in die Sprech- und Singchöre mit ein. Je länger sie sangen, desto erfüllter, ruhiger und friedlicher wurden sie. Es war unglaublich.

Auf Leinwänden wurden Bilder aus den vorderen Reihen gezeigt. Da waren Bayerns Ministerpräsident Horst Seehofer, Kardinäle, Nonnen und noch viele mehr. Alle wirkten sehr freundlich und entspannt.

Dann war es soweit, der Papst kam! In einem offenen Papamobil fuhr er fröhlich winkend auf den Platz. Er segnete Kinder, lachte und genoss sichtlich das Bad in der Menge. Wundervoll.

Der Jubel war schier grenzenlos, als der Papst seinen Platz zur Predigt einnahm und die Menge mit seinem obligatorischen Kreuzzeichen segnete.

Am Ende bedankte er sich auf italienisch für die schönen Jahre, die er hier verbringen durfte.
Ein weiterer Gänsehautmoment entstand, als dann alle gemeinsam das Vater Unser sangen. Man hatte das Gefühl, diesen Chor, bestehend aus 200.000 Kehlen, würde die ganze Welt hören.
Dann stieg der Papst in sein Papamobil und fuhr winkend davon.

Tief ergriffen stand Luigi auf dem Petersplatz. Mit Tränen in den Augen flüsterte er: "Gott segne dich" und an seine beiden Freunde gewandt: "wase für eine Erlebnis, eh?"
Maurice musste sich kurz schütteln, um wieder in die Gegenwart zu kommen, er fühlte sich, als wäre er in einem leichten Trancezustand gewesen.
"Wow, dass war wirklich unbeschreiblich."
"Und wir waren wirklich dabei", stimmte Peer mit ein.

Hannelore und Maria, nicht weniger bewegt, lagen sich mit dem Herrn Pfarrer in den Armen und ließen ihren Tränen freien Lauf. Was war das schön gewesen, schnieften sie und das sie das noch miterleben durften. Und so schad sei es, dass er aufhört, wer weiß was nachkommt...
Zustimmend nickend musste sich sogar der Herr Pfarrer ein paar Tränchen verdrücken.

Und so standen die drei in trauter Umarmung beisammen und ließen das Erlebte nachwirken, während sich die riesige Menschenmenge langsam aber stetig und ohne Gedränge auflöste.

Nicht weit von den Geschehnissen entfernt, saßen zwei Gestalten einträchtig aneinander gekuschelt auf einer kleinen Couch und verfolgten noch die letzten Livebilder im Fernsehen von dem Rücktritt.

So hatte auch die Moosleitnerin den Papst noch einmal live erlebt, wenn auch nicht auf dem Petersplatz, aber doch in Rom.

Kapitel 14

Im Schlafzimmer von Luigi hatte man das Großereignis schlicht und einfach verpasst, was jetzt auch keinen so direkt störte. Hilde und Rosi waren zum zerreißen gespannt gewesen, ob der Enthüllungen von Edeltraud.

Mit hochrotem Kopf hatte sie zu erzählen begonnen:
"Ja mei, was soll ich sagen, ich war auf einmal ganz blöd und wuschig im Kopf, so als wär alles voller Watte verstehst? Und alles war auf einmal so unwichtig, wissts was ich meine? Ich hab einfach an nix mehr gedacht, nur noch den Josef neben mir wahrgenommen. Mir war es scheißegal, dass ich verheiratet bin oder was morgen, also heute ist und so. Ich hab mich so im Jetzt gefühlt. Ich wollt einfach mal das tun, worauf ich Lust hab und ich hab Lust gehabt, des kann ich Euch sagen."
Mit jedem weiteren Satz verlor sie ihre Scheu und erzählte frei heraus.
"Also ganz ehrlich", sie senkte verschwörerisch ihre Stimme, "ich glaub, ich hätt´s auch vor euch am Lagerfeuer gemacht, so... so... ja so ...Ding war ich."
"Geil, bremsig, scharf..."
"Hilde!" Rosi schüttelte nur den Kopf, konnte aber ein leichtes Grinsen auch nicht vermeiden.
Selbst Edeltraud musste nun lachen.

"Ja, such dir was aus, es hätte alles gepasst, ehrlich. Also so was. Ich darf gar nimmer daran denken, des is mir immer noch so peinlich."

"Ach wurscht, jetzt is eh schon passiert, erzähl weiter", drängte Hilde.

"Na ja, irgendwann seits ihr ja alle verschwunden gewesen und mei, wir haben dann halt auch beschlossen ein Plätzchen für uns zu suchen. Da ja das Zelt und der VW Bus schon besetzt waren, meinte der Josef er wisse, wo ein lauschiges Plätzchen für uns wäre. Und so sind wir los. Ich glaub, ich wär in dem Moment überall mit hin gegangen."

Nachdenklich schaute sie ihre Freundinnen an.

"Und genau des macht mir im Nachhinein noch richtig Angst. Der hätte wer weiß was mit mir machen können, oder mich irgendwo hinfahren können, wo ich gar ned gewusst hätte wo ich bin, wie ich wieder weg komm´ usw., an alles weitere mag ich gar nicht denken, echt."

"Ja da hast scho Recht", bekräftigte Rosi, "sowas dürfen wir echt nicht mehr machen, da waren wir ganz schön blöd oder?"

"Ja, ja, waren wir - is ja nix passiert, haben wir Glück gehabt. Weiter Edeltraud." Hilde war ganz gespannt.

"Wir sind dann also vor zum Eingang, dort wo das kleine Häuschen vom Jacko ist. Der Josef hat dafür nämlich einen Schlüssel. Also sind wir da rein denn da gibt´s noch einen kleinen Nebenraum, wo sich der Jacko immer wieder mal hinlegt oder ausruht.

"Mit Bett?", grinste Hilde verschwörerisch.

"Ja mit Bett, ein kleines, also ich mein ein Einzelbett halt.... und ja was soll ich sagen, da haben wir dann so rumgemacht. Und ganz ehrlich, schön war´s. Echt schön. Ich hab des so genossen, hab gar kein schlechtes Gewissen gehabt oder an den Georg daheim gedacht. Oh Gott, wenn ich jetzt daran denk, wird mir ganz schlecht bei dem Gedanken, was ich ihm angetan habe."

"Ihm hast gar nix angetan", ereiferte sich Hilde, "der sitzt daheim und es geht ihm gut. Und ganz ehrlich, du wirst ja wohl ned so blöd sein und ihm des Ganze erzählen oder? Was er nicht weiß....., verstehst?"

"Ja ich versteh schon, aber mein schlechtes Gewissen, ich weiß ned ob ich des aushalte. Allein wenn ich mir vorstelle, wenn wir wieder heim kommen, ich glaub der sieht mir des direkt an."

"Des sieht der nur, wenn du dir des einbildest oder vorstellst, dass es so is."

"Na ich weiß ned so Recht, des redet sich immer alles so leicht..."

"Wie auch immer, jetzt erzähl mal weiter, da fehlt ja immer noch einer", drängte Hilde weiter.

Tief Luft holend sprach Edeltraud leise und verschämt weiter:

"Mei, des is ja des Schlimme. Ich weiß fast nichts mehr, hab lauter Filmrisse. Nur so einzelne Szenen hab ich in Erinnerung und die auch alle irgendwie zusammenhangslos. Es ist, als ob ich bewusstlos gewesen wäre und immer wieder mal kurz zu mir gekommen bin. Des war bestimmt wegen die Drogen."

Sie überlegte kurz weiter.

"Aber bei euch war des doch auch ned so oder? Ich mein, ihr könnts euch doch an alles erinnern?"

"Ja schon", meinte Rosi "aber wir haben auch nicht noch zusätzlich den ganzen Rauch eingeatmet."

"Was für einen Rauch?"

"Na, du hast doch die große Tüte aus dem Bus geholt und die hab ich doch dann gleich ins Feuer geworfen, erinnerst du dich? Des hab ich gemacht, damit der Poli... also der Josef das nicht sieht. War auch irgend so ein Kraut und anscheinend ein ziemlich starkes, wenn man bedenkt, das ihr beide innerhalb von wenigen Minuten nur vom Qualm ziemlich high wart."

"Ja stimmt, jetzt erinnere ich mich."

"Na prima, dann passts ja", funkte Hilde ungeduldig dazwischen, "also, wer war denn jetzt der Zweite?"

"Ja wer wohl, der Jacko natürlich."

"Ui ui, du Böse, du", lachte Hilde

Rosi überlegte kurz und meinte dann, ob sich Edeltraud wirklich sicher war, dass sie zwei Männer hatte. Oder ob es doch nicht vielleicht eine Art Halluzination oder verzerrte Wahrnehmung war oder so ähnlich. Das hörte man doch öfter im Zusammenhang mit Drogen. Auch Hilde fand die Überlegung gar nicht so weit her geholt.

"Des war bestimmt keine Halluzination, glaubt´s mir. Ich bin heute zwischen den beiden aufgewacht..."

"Oh, ach so, na dann also doch ein Dreier. Was weißt denn noch alles?" Hilde platze fast vor Neugier. "Also der Jacko ha? Ich glaub dass der gar ned mal so schlecht war, oder?"

"Was? Ja, nein, ich mein, also des was ich noch weiß hat schon gepasst", Edeltraud wurde rot und grinste "sehr gut gepasst sogar."

Eine Sekunde später schlug sie sich jedoch wieder die Hände vors Gesicht und schämte sich wieder ganz arg. Sie wusste nicht, wie das alles auf die Reihe kriegen sollte.

"Ja wie gepasst? Was habt´s denn gemacht oder vor allen Dingen wie?"

"Ich...ich....ich kann ned..."

"Ah geh, freilich kannst, wir haben doch auch grad alles erzählt."

"Hilde! Jetzt lass´ sie in Ruhe. Ich glaub´, alles müssen wir gar ned wissen. Wenn sie soweit ist, wird sie es uns sagen oder? Und wenn nicht, dann halt nicht, wird uns schon ned umbringen oder?"

Sie erntete einen dankbaren Blick von ihrer Freundin, die sich entspannte und stockend weiter erzählte.

"Des Schlimme ist einfach, ich bin so hin und her gerissen. Auf der einen Seite hab ich so ein schlechtes Gewissen, dann schäm´ ich mich wieder, dass ich so was überhaupt gemacht habe und bin froh, oder ich hoffe, dass ich die zwei nie mehr in meinem Leben sehen muss. Ich glaub ich würd´ im Erdboden versinken. Dann kommen aber wieder Momente, wo ich mir denk, dass es doch schön war, gut getan hat. Oh Gott, schaut´s und schon kommt wieder des schlechte Gewissen. Ich weiß ned, ob ich sowas gut finden darf...mei o mei."

"Also jetzt sag ich dir mal was", ereiferte sich Hilde, "wenn´s schön war, dir gut getan hat, dann lass es einfach so stehen. Punkt. Ändern kannst es ja sowieso nicht mehr. Der Rosi und mir geht´s doch genau so. Wir haben auch ein schlechtes Gewissen. Erstens schon mal wegen dem blöden Joint, dann wegen dem Sex und dann auch noch, weil´s uns allen ja richtig gefallen hat und gut getan hat. Aber ich sag euch eines, des liegt nur daran, dass wir echt Glück hatten mit diesen Männern. Das die so anständig, so nett und ehrlich sind. Anders wär des mit Sicherheit eh nicht passiert. Glaubt´s mir. Wahrscheinlich hat des alles so sein sollen, warum auch immer. Schicksal. Wer weiß für was wir diese Erfahrung machen mussten. Und ganz ehrlich, ich glaub, dass des kein Zufall war, dass wir den Bus verpasst haben, die zwei Burschen uns aufgesammelt haben und so weiter. Irgendwann werden wir sagen ´ach, siehst, deswegen is das damals so passiert´. Also Edeltraud, jetzt nimm´ die schönen Erinnerungen und die Erfahrung mit. Vor allem diese Erfahrung", schweifte sie ab, "des is echt der Wahnsinn, des werden die Rosi und ich wahrscheinlich nie erleben...

"Nein, bestimmt nicht", stimmte Rosi zu.

Edeltraud nickte zustimmend und raunte mit rauchiger Stimme: "ihr wisst nicht, was euch entgeht, Mädels.'"

Hilde riss die Augen auf und warf ein kleines Kissen nach ihr:

"Waas? Ja du Luder du!"

Und sofort befanden sie sich in einer ausgewachsenen Kissenschlacht, bei der am Ende nicht nur die Kissen, sondern auch ein paar Federn flogen.

Kapitel 15

"So meine Lieben, hi hi, na das war doch die Reise nach Rom wert, nicht?"

Frau Küberlinger hatte die gesamte Busgesellschaft um sich versammelt und erklärte nun den weiteren Ablauf des Tages.

"Also sie sehen ja was hier heute los ist, da können wir die Stadtrundfahrt unmöglich mit dem Bus machen, des würde ja ewig dauern", sie hielt kurz inne und lachte dann herzlich über ihren Witz.
Die Mitreisenden allerdings sahen sie nur verständnislos an, als ob sie verrückt geworden wäre, also erklärte sie,
"ewig dauern - in der ewigen Stadt, verstehens, hi hi?"

Ein paar von den Teilnehmern zogen leicht die Augenbrauen hoch, während andere leicht den Kopf schüttelten.

"Ach na ja, ich seh´ schon, sie sind ja noch ganz benebelt von dem eben Erlebten. Wäre ja auch kein Wunder, gell? Umso mehr glaube ich, dass uns jetzt allen ein Fußmarsch ganz gut tun wird, damit wir uns wieder erden können. Also meine Herrschaften, lassen sie uns auf Cäsars Spuren wandeln und Rom erkunden!"

Sie klatschte kurz zweimal hintereinander in die Hände und rief mit Enthusiasmus, "bitte in zweier Reihen aufstellen und los geht´s. Immer schön beisammen bleiben und auf den Vordermann achten, ned das wir noch ein paar Schäfchen verlieren, hi hi."

Hannelore schaute entsetzt zu Maria:
"Hat die gesoffen, sag einmal? Die hat sie doch nimmer alle oder?"
Auch Maria schüttelte ungläubig ihren Kopf und flüsterte zurück: "Ja, die is ned ganz dicht. Meinst des kommt vom vielen Busfahren?"
"Nein bestimmt nicht. Die is einfach nur deppert, glaub mir!"
"Aber meine Damen", mischte sich nun der Herr Pfarrer ein, "nach diesem schönen Erlebnis sollten wir die schöne Stimmung mitnehmen und ein friedliches Miteinander anstreben, meinen sie nicht?"
"Friedlich? Ja des wird schwirig, wenn die da vorne so irre ist", ereiferte sich Hannelore.
"Meine Liebe, ich bin mir sicher, auch die liebe Frau Küberlinger hat ihre guten Seiten und jetzt wollen wir uns frohen Mutes in ihre Hände begeben und auf Cäsars Spuren wandeln, nicht wahr?", grinste der Herr Pfarrer, stellte sich in die Mitte und hakte beide Damen unter.
Die Reisegruppe aus Bayern machte sich tapfer zu Fuß auf, um die Sehenswürdigkeiten Roms zu bestaunen. Frau Küberlinger hielt unbeirrt ihren weiß/blauen Schirm in die Höhe und schlängelte sich durch die Massen in Richtung Spanische Treppe.

Dort angekommen, bahnten sie sich durch die vielen Touristen, die auf der Treppe saßen, einen Weg nach oben und alle knipsten pflichtbewusst die typischen Fotos.

Lange konnten sie allerdings nicht verschnaufen, da bereits die nächsten Besucher anstanden die auch nach ganz oben wollten. Also tippelten alle wieder nach unten und Frau Küberlinger lotste sie gleich mit kurzem Händeklatschen weiter in Richtung Kolosseum.

Und als eingespielte Gruppe, die sie nun waren, wurde gleich wieder in zweier Reihen Aufstellung genommen. Man sah sich nach Vordermann, Nachbarn und Hintermann um, damit auch keiner mehr vergessen wurde und weiter ging´s, im Gänsemarsch dem weiß/blauen Schirm folgend.

Ein Italiener der am Fuße der Treppe einen kleinen Souvenirstand betrieb, hatte das kurze Spektakel beobachtet und schüttelte leicht den Kopf. Amüsiert murmelte er "Alemanos".

Während sich die Truppe durch die Straßen und Gassen schlängelte, holte Maria ihren Stadtplan aus der Tasche um einen Überblick zu bekommen und vor allem um die Wegstrecke bis zum Kolosseum einschätzen zu können. Sie besah sich die Strecke und wandte sich leicht entrüstet an Hannelore:
"Mei, des is ja eine ganz schöne Strecke, mein Lieber! Was schauen wir denn noch alles an?"
"Ja keine Ahnung, was der Kübel da vorne mit uns vor hat, warum?"

"Na, weil auf direktem Weg zum Kolosseum noch ein paar Sehenswürdigkeiten anzuschauen wären, dann müssten wir ned in einem Stück so lange laufen, verstehst? Da könnten wir uns zwischendurch immer mal wieder ausruhen. Ich bin eh ned so fit, nach der Nacht im Bus."

"Ach so. Wart mal kurz, ich geh und frag mal."

Und schon marschierte Hannelore gezielt und forsch an der Gruppe vorbei bis zur Schirmträgerin.

"Sie, Frau Küberl, sagen´s einmal, was schauen wir denn eigentlich noch alles an?"

"Ja die Frau Hannelore, hi hi, können´s es gar nicht erwarten wie? Hi hi."

"Nein!"

"Ja also, soviel Zeit haben wir ja leider nicht gell, hi hi, darum beschränken wir uns auf das Kolosseum, das Forum Romanum und am Schluss dann noch den Trevibrunnen."

Und mit einem verschwörerischen Lächeln fügte sie hinzu: "Schließlich wollen wir doch alle unsere Wünsche noch los werden, gell? Hi hi."

"Ja, hi hi. Ich komm´ gleich wieder."

Und schon lief Hannelore wieder an der Gruppe vorbei nach hinten um Maria über die geplante Strecke zu informieren.

"Was? Aber der Trevibrunnen und das Forum Romanum liegen doch genau auf der Strecke zum Kolosseum, da ist es doch besser, wenn wir das zuerst machen und am Schluss das Kolosseum. Da könnte uns auch der Bus dann wieder abholen. Oder meint die da vorne, dass wir dann den ganzen Weg wieder zurück marschieren?"

"Ja g´wiß ned! Moment, ich komm glei´ wieder."

Und ein weiteres Mal war Hannelore auf dem Weg nach vorne.

"So Frau Küberl, jetzt erklären sie mir mal, warum wir ned auf dem Weg zum Kolosseum des andere Zeug gleich mitmachen, liegt doch auf´m Weg oder?"

"Ei, ei, ei, da hat wohl jemand seine Hausaufgaben gemacht, was? Sie haben schon Recht, aber wenn wir mit dem Kolosseum anfangen, haben wir die längste Lauferei hinter uns und müssen dann nur noch kleinere Etappen laufen, verstehens? Weil wenn wir am Schluss beim Kolosseum wären und dann den langen Weg zum Bus in einem Stück zurück laufen müssten, das wäre richtig anstrengend, glaubens mir. Und so sind wir am Ende der Tour am Trevibrunnen und von dort aus haben wir nicht mehr so weit zum Bus. Sie sehen also, es ist an alles gedacht worden, hi hi. So meine Liebe und jetzt gehens bitte wieder nach hinten und reihen sich schön ein, damit die Gruppe zusammen bleibt, gell?"

"Und wieso könnte uns der Bus nicht beim Kolosseum abholen?" ranzte Hannelore.

Frau Küberlingers Augen verengten sich zu Schlitzen und sie zischte:

"Sie sehen doch was hier heute los ist oder? Bis der Bus da durch ist, sind wir längst zu Fuß durch. Also! Wir haben alles so ausgeklügelt, damit sie den besten und größtmöglichen Nutzen aus dieser Reise haben, also reihen sie sich jetzt wieder ein und genießen sie Rom!"

Hannelore wurde wütend.

"Ausgeklügelt? Das ich ned lach`, ausgeschmiert habt ihr uns! Die Nacht im Bus verbringen, keine Möglichkeit sich frisch zu machen, seit zwei Tagen haben wir scho die gleichen Klamotten an..."

Frau Küberlinger, deren arg strapaziertes Nervenkostüm nun einen weiteren Riss bekam, zischte:

"Ja für 199 Euro können´s auch ned mehr erwarten, was glauben sie denn, was das alles kostet? Und jetzt schauens dass wieder an ihren Platz kommen oder ich schwör´ ihnen ich lass´ sie hier in Rom zurück."

Sprachs und ging mit erhobenen Schirm drei Schritte schneller nach vorne um Abstand zu bekommen.

Hannelore hatte es, ob der unverschämten Drohung, glatt die Sprache verschlagen. Sie schnappte kurz nach Luft und merkte dann den Herrn Pfarrer an ihrer Seite.

"Beruhigen sie sich, meine Liebe."

"Beruhigen? Ja sie haben Nerven, haben sie gehört, was die gerade gesagt hat?"

"Ja ja, ich konnte nicht umhin, ihr Gespräch mit anzuhören. Aber lassen sie etwas Gnade walten, ich glaube, die gute Frau Küberlinger tut bestimmt ihr Bestes, damit diese Reise noch einen schönen Ausklang findet, meinen sie nicht? Und wenn wir alle ein bisschen mithelfen, dann wird das bestimmt auch so werden. Wir wollen uns doch nicht grämen, nach dem schönen Erlebnis mit unserem hl. Vater. Genießen wir doch einfach den Spaziergang in der Sonne in dieser schönen Stadt."

Diese wenigen Worte des Geistlichen hatten tatsächlich eine leicht beruhigende Wirkung auf Hannelore. Sie war selbst überrascht.

"Ja, dann machen wir halt das Beste daraus."

Der Herr Pfarrer nickte nur mit einem wissenden Lächeln im Gesicht.

Die drei Herren beschlossen unterdessen, dass sie das denkwürdige Ereignis mit einem guten, italienischen Essen abschließen wollten und machten sich auf den Weg zum Trevibrunnen, an dessen Platz in einer kleinen Seitengasse das Stammlokal von Luigi war und in dem er, egal wie voll es war, immer einen Tisch bekam.

Auch Hilde, Rosi und Edeltraud beschlossen, nachdem nun alles gesagt war, diesen schönen Tag nicht nutzlos verstreichen zu lassen. Wenn sie schon nicht den Papst gesehen hatten, dann wollten sie doch das Flair dieser Stadt kennen lernen.

Sie beratschlagten welche Sehenswürdigkeiten für sie am wichtigsten waren und wie diese am besten und schnellsten zu Fuß erreichbar waren.

Kapitel 16

"Also allzu weit und zu lang kann ich aber ned laufen", gab Hilde zu bedenken, "weil, wie gesagt, ich bin no ganz wund und Muskelkater hab ich auch."
"Wund, das ich ned lach, was meinst wie´s mir geht?", antwortete Edeltraud, "wir laufen jetzt alles ab, was wir sehen wollen, quasi als Buse für unsere Sünden. Wir wollten ursprünglich nur unseren Benedikt sehen und dann haben wir uns so hinreißen lassen und so, so.....ja, so verruchte Sachen gemacht. Und wenn wir die nächsten Tage nicht mehr sitzen können, dann soll´s eben so sein, des werden wir überleben und somit das nächste Mal mit Sicherheit nicht mehr so einen Blödsinn machen!"
Rosi musste lachen und stimmte ihr zu.
"Hast Recht, Edeltraud, a bisserl Buse tun schadet gewiss nicht. Also auf geht´s Mädels, lasst uns weiter wund laufen".

Lachend machten sich die Drei auf den Weg und beschlossen zunächst zur Engelsbrücke zu gehen, da sie von dort auch Ausblick auf den Vatikan hätten und somit schon zwei Sehenswürdigkeiten auf einmal abhaken konnten. Ohne zu weit laufen zu müssen....

Sie ließen sich mit dem Strom der vielen Menschen die unterwegs waren mittreiben. Alle Drei waren überrascht, wie schön und friedlich die Stimmung war, obwohl es oft eng und wuselig in einigen Gassen war.

"Das müssen die Nachwirkungen vom Papst sein", meinte Edeltraud und war nun doch etwas traurig, dass sie dieses Ereignis verpasst hatten.

Als sie dann endlich auf der Engelsbrücke standen und den grandiosen Blick auf den Vatikan genossen, der sich in der Mittagssonne majestätisch und ruhig präsentierte, verschlug es ihnen kurz die Sprache.

Rosi kam ins Grübeln: "Hm, wie lange gibt´s den eigentlich schon?"

"Wen?" Hilde versuchte den Blick ihrer Freundin zu folgen um die Frage zu verstehen.

"Na den Vatikan, ich mein das Gebäude an sich, verstehst? Wie lang´ steht des schon da bzw. wie lange is des schon der Sitz für den Papst?"

"Ja was weiß denn ich? Ein paar hundert Jahre werden des schon sein. Warum is des wichtig?"

"Weil ich mir grad vorstell´ wie viele Päpste und Zeremonien dieses Ding da schon miterlebt hat. Päpste kommen und gehen..."

"Sterben."

"Hm?"

"Sterben. Päpste sterben normalerweise hier, nur unserer ist vorher gegangen - und Recht hat er! Jetzt kann er in Ruhe die letzten Jahre genießen und muss ned die ganze Welt an seinem Altwerden teilhaben lassen.

"Ja und des Haus steht einfach da, ein Fels in der Brandung, wartet jetzt auf den nächsten Papst und steht einfach weiter da."

Edeltraud betrachtete Rosi interessiert.

"Alles in Ordnung mit dir? Geht´s dir gut?"
Rosi atmete tief ein.
"Ja, alles ist gut. Es ist nur, irgendwie überkommt mich bei solchen Anblicken immer der Gedanke, wie klein und unwichtig wir doch im Grunde alle sind. Diese Sachen da, die überdauern die Zeit hunderte von Jahren, verstehst, die stehen auch noch da, wenn wir scho lang nimmer sind."
"Du kriegst jetzt aber keinen moralischen oder?"
Hilde schaute skeptisch zu ihrer Freundin.
"Nein, ich mein halt nur, angesichts dieser Bauwerke kommt einem das Leben schon wirklich kurz vor und dann denk ich mir immer, warum lass ich mich oft so stressen? Man sollte viel mehr machen, was einem Spaß macht und gefällt und ned alles aufschieben.
Wie oft haben wir schon gesagt, des machen wir mal oder da wollen wir mal hin und was haben wir gemacht? Nix. Nix und wieder nix und warum? Weil ja nie Zeit is, wir müssen arbeiten, da is eine Familienfeier, da geht´s ned, weil der Verein einen braucht, da kriegt man keinen Urlaub und so weiter. Und bevor man schaut ist die Zeit vorbei und man ist dann zu alt oder krank oder was weiß ich. Man kennt das doch. Irgendwann springst dann in´s Kisterl und des war´s dann.
Ich sag euch mal was, des werden wir jetzt ändern! Und zwar sofort! Wir machen jetzt mindestens ein Mal im Jahr eine Reise zusammen und mindestens zwei Mal im Jahr gönnen wir uns einen Wellnessaufenthalt! Und es mir scheißegal was unsere Männer, Nachbarn oder sonst wer davon hält! Die Männer kommen auch mal ohne uns zurecht und wenn nicht, dann lernen sie es eben und was

alle anderen denken, is mir wurscht! Also, wo fahren wir als nächstes hin?"

Edeltraud und Hilde blickten ziemlich verdattert drein, ob des emotionalen Ausbruches ihrer Freundin.

"Und noch eins sag ich euch, wenn dann noch mal solche Schnuckelchen wie der Peer und der Maurice unsere Wege kreuzen, ja dann is des halt so! Das Leben ist zu kurz und keiner weiß wie viel Zeit einem noch bleibt."

"Rosi!", jetzt war sich Edeltraud endgültig sicher, dass bei ihrer Freundin irgendetwas nicht stimmte. "Spinnst du? Jetzt krieg´ dich mal wieder ein. Des war jetzt einmal, dass wir so etwas gemacht haben und es war ein echter Scheiß, des weißt du ganz genau! Also hör auf, so einen Schmarrn zu reden."

"Aber schön war´s trotzdem", murmelte Hilde.

"Hilde!"

"Ja, ja is ja gut, hast ja Recht."

Edeltraud ging mit den beiden auf Tuchfühlung, stand mit ihnen Nase an Nase und erklärte beschwörend:

"Ich geb der Rosi ja Recht, wir sollten viel mehr machen, was uns Spaß macht und ned immer darauf schauen, was andere von uns wollen oder denken. Da bin ich dabei, des hat sogar mich dieser Trip schon gelehrt, auch wenn er ned so gelaufen ist, wie wir uns des vorgestellt oder geplant haben. Aber Männergeschichten lassen wir definitiv aus, verstanden? Des san wir nicht und ich bin mir auch sicher, des wollen wir auch nicht! Und von dem Rauchen will ich gar nicht mehr anfangen! Also ich bin dabei, wenn´s heißt: wir drei, unser Spaß, unser Leben. Dabei fällt mir ein, ich war noch nie in

London", sie überlegte kurz und meinte weiter "eigentlich war ich überhaupt noch nie irgendwo, also wie schaut´s aus, der nächste Trip zu die Engländer?"

Nun waren es Rosi und Hilde, die höchst erstaunt drein blickten und von dem Vorschlag ziemlich überrascht wurden. Sie blickten sich an und Hilde wiederholte, "London?"

Auch Rosi plapperte ihr nach, "London?"

"Ja, London Mädels. Warum ned? Wie schaut´s aus?" Und mit einem schelmischen Grinsen fügte Edeltraud noch hinzu: "Feig!"

Das ließ sich Hilde nicht zweimal sagen.

"Von wegen feig. Ich bin dabei!"

"Jawohl ich auch!"

Und Rosi spürte plötzlich eine immense Vorfreude in sich aufsteigen. England, London! Genau!

"Sehr gut, dann is des abgemacht", lachte Edeltraud "ich würd sagen so im September, Oktober greifen wir an. Da können wir gleich schauen und buchen, wenn wir wieder daheim sind und jetzt schauen wir uns die Spanische Treppe an, auf geht´s."

Und mit frischem Elan und schwungvollen Schritten marschierte sie voran in Richtung des nächsten Zieles.

Auf dem Weg genossen sie das schöne Wetter, die herrlichen, typischen italienischen Gassen und natürlich den immer noch vorherrschenden Trubel wegen des Papstes. Trotz der Kälte holten sie sich unterwegs ein "echtes italienisches Gelato", wie Hilde es fröhlich formulierte und hielten sich in bester Stimmung an der Spanischen Treppe auf.

Ein holländisches Pärchen hatte ihnen ihre Sitzkissen (zwei Styroporplatten) überlassen, da sie diese nicht mehr benötigten und somit hatten die Mädels nicht nur einen warmen Untersatz, sondern auch gleich noch einen Sitzplatz auf der Treppe ergattert. So saßen sie eng aneinander gekuschelt in der warmen Wintersonne und ließen die beiden Tage ihrer Reise noch einmal Revue passieren.

Hilde, die ihr Gesicht von der Sonne wärmen ließ und mit geschlossenen Augen zuhörte, wurde plötzlich von einer ganz anderen Erkenntnis erfüllt. Ruckartig fuhr sie herum und teilte ihre Gedanken mit:
"Mensch! Der andere Bus muss doch auch hier irgendwo sein! Also zumindest die Reisegruppe. Kommt, wir halten mal Ausschau, die sind doch bestimmt auch hier irgendwo unterwegs und schauen sich was an. Und so eine Gruppe fällt doch auf oder?"

Rosi machte eine ausladende Handbewegung über die Menge auf und vor der Spanischen Treppe.
"Ich glaub nicht, dass wir in diesem Gewurle von Menschen eine Reisegruppe ausfindig machen können, das müsste schon ein großer Zufall sein. Aber wie hieß denn eigentlich das blöde Hotel in dem wir übernachten sollten?", fragend blickte sie ihre Freundinnen an.
"Hm, ich weiß einfach nicht mehr", Edeltraud legte ihre Stirn in Falten und überlegte angestrengt, "stand das überhaupt irgendwo bei den Unterlagen drauf? Kann mich jetzt gar nicht erinnern."

"Mensch, wenn wir das wüssten, dann könnten wir dort hin gehen und hätten mal zumindest unser Gepäck wieder. Ich würde schon gern mal meine Klamotten wechseln, echt." Rosi dachte sehnsuchtsvoll an frische, saubere Kleidung.

Auch Hilde überlegte angestrengt, "also ich kann mich auch nicht erinnern, dass da ein Hotelname genannt wurde, da stand nur mit Übernachtung oder? Des könnte ja auch eine Pension oder was anderen sein. Oder eine Herberge oder so."

"Eine Herberge", schnaubte Edeltraud, "des glaubst doch selber nicht."

"Ha, so wie des bis jetzt alles gelaufen ist, glaub ich ehrlich gesagt nicht, dass dieses Reiseunternehmen viel Erfahrung hat und wer weiß, was die alles gemacht haben, damit sie wenigstens etwas Gewinn aus dem Ganzen haben. Der Hübl-Kübl ist ja auch nicht ganz dicht oder? Und welches anständiges Unternehmen stellt denn so was ein bitte?"

Schlussendlich kamen sie zu dem Entschluss, dass es nichts bringen würde, die Gesellschaft zu suchen, oder den Tag mit Überlegungen wegen eines Hotelnamens, der vielleicht gar nicht auf den Reiseunterlagen vermerkt war, zu verbringen. Des Weiteren wurde ihnen auch klar, dass Rom doch eine große Stadt war und sie unmöglich an einem Tag und zu Fuß irgendwelche Unterkünfte absuchen konnten.

Also beschlossen sie, weiter den schönen Tag zu nutzen, verschenkten ihrerseits die Sitzunterlagen weiter und machten sich auf dem Weg zum Trevibrunnen, da Hilde unbedingt eine Münze werfen wollte.

Kapitel 17

Luigi und seine Freunde waren inzwischen in seinem Stammlokal angekommen. Es war proppenvoll mit Touristen, aber hinten, in der Ecke an der Bar stand der kleine runde Stammtisch verlassen da und wartete auf seine Gäste.
Sie drängten sich durch die Menge und wurden an gleich lautstark vom Inhaber Pablo begrüßt. Er kam zu Luigi gewuselt und drückte diesen gleich fünfmal links und rechts seine Küsschen auf die Backe. Dann wandte er sich an Peer und Maurice und wiederholte das Prozedere. Nebenbei ließ er seine Hand wie zufällig über deren Hinterteile gleiten und bekundete, welch Segen es wäre, mit solch schönen, knackigen Teilchen ausgestattet zu sein. Da er die beiden ja auch schon kannte, jammerte er übertrieben mit einem Augenzwinkern weiter, welch Schande es für die Männerwelt doch wäre, dass die beiden ausschließlich Frauen zugetan waren. Lachend bat er sie Platz zu nehmen und erklärte, dass er ihnen ganz besondere Köstlichkeiten zubereiten lassen würde. Die standen natürlich nicht auf der Karte, sondern waren echte, italienische Spezialitäten, nur für seine liebsten Stammkunden. Zuvor gab es für jeden noch ein Glas Prosecco, welchen er mit einer frischen Erdbeere garnierte.

In der Zwischenzweit war die Reisegruppe bereits am Forum Roman angekommen, nachdem sie zuvor das Kolosseum betrachtet hatten. Wobei hier die Betonung auf betrachtet liegt. Frau Küberlinger hatte sie vor dem Kolosseum postiert, einige kurze Informationen darüber erzählt, wie z.B. dass dies die größte, antike Arena der Welt war, in der Gladiatoren gekämpft haben. Das es eines der berühmten sieben Weltwunder war und hier der Begriff "Brot und Spiele" entstanden ist. Anschließend sollte die Gruppe gleich weiter in Richtung Forum Romanum gehen. Doch da kam von dem Ein oder Anderen dann doch ein kleiner Aufschrei, dass man, wenn man schon einmal hier war, doch wenigstens einmal in das Kolosseum rein gehen möchte, um die Arena von innen zu sehen und Hannelore hatte sich beim Herrn Pfarrer mokiert, ob der Informationen über das Bauwerk.

"Also des hab ich auch vorher schon gewusst, kann man ja in jedem Reiseführer nachlesen oder? Also der Kübel regt mich jetzt schon wieder ganz schön auf, ich sag´s ihnen. Sollte ich hier sterben, wegen zu viel Aufregung, dann können sie der Polizei gleich die Hauptverdächtige präsentieren, und da verlass´ ich mich auf sie, Herr Pfarrer."

"Ach meine Liebe, sehen sie es der Frau Küberlinger doch nach und genießen sie einfach."

"Also bei allem Respekt, Hochwürden, sie haben immer eine Ruhe weg, des würd mich wahnsinnig machen."

Frau Küberlinger blieb jedoch unerbittlich und erklärte, dass für extra Besichtigungen leider keine Zeit bliebe und dass dies auch nicht im Programm vorgesehen war. Ohne auf die darauffolgenden Einwände zu achten, hisste sie wieder ihren Schirm und marschierte weiter. Verärgert trottete ihr die Gruppe hinterher.

Als sie dann im Forum Romanum standen, jeder war bereits von Schmerzen in den Beinen geplagt, gab die Reiseleitung wieder ihr vermeintliches Wissen zur Geltung.

Das das Forum ursprünglich als Vestaheiligtum gedacht war, sich aber zur politischen Arena entwickelt hatte, von der aus das ganze römische Reich regiert wurde. Cicero sprach hier seine Brandreden gegen Catalina und der berühmte Satz des Cato "Karthago muss vernichtet werden", wurde ebenfalls von hier verkündet.

Hannelore wollte dazu schon wieder ihren Senf beitragen, als der Herr Pfarrer mit warnendem Blick in ihre Richtung die Hand hob: "Na, na werte Frau Hannelore, wie bereits gesagt, den schönen Moment an dem besonderen Ort genießen - und..", er blickte ihr tief in die Augen, "manchmal ist schweigen Gold."

"Ja, ja is ja scho Recht."

Frau Küberlinger erklärte derweil frisch weiter, dass sie nun eine halbe Stunde zur freien Verfügung hätten, um sich im Forum umzuschauen um auf Cäsars Spuren zu wandeln zu können.

"Spurensuche? Dass ich nicht lach, die spinnt doch oder?"

Jetzt war auch Maria ziemlich angefressen und machte ihrem Ärger Luft.

"Ich setz´ mich da jetzt hin und warte, ich hab bestimmt schon Blasen an den Füßen."

Sie nahm auf einer halbhohen, abgebrochenen Säule Platz und genoss das entspannende Gefühl, ihre Beine zu entlasten. Hannelore tat es ihrer Freundin nach und besetzte die etwas niedrigere Säule rechts neben Maria und ließ sich mit einem zufriedenen Seufzer darauf nieder. Sie saßen noch nicht lange so schön einträchtig in der wärmenden Sonne, als ein aufgebrachter Italiener (oder war´s ein Spanier? Auf alle Fälle ein Südländer!) vor ihnen wild mit den Armen gestikulierte und dabei lauthals irgendwelche Sachen brüllte.

"Was will denn der?"

Maria wusste nicht so recht, ob der Mann schimpfte oder nur, wie es eben die südländische Art ist, etwas lauter sprach.

"Des weiß ich auch nicht, aber des werden wir gleich haben."

Hannelore erhob sich von ihrer Säule und fuchtelte nun ebenfalls mit ihren Armen.

"Was willst denn du, ha? Schrei hier mal ned so rum."

"Ah, Aleman - du solle sitze no hier, isse antik, verstehe?"

"Ja, ja, antik, des wissen wir auch."

Der aufgebrachte Mann deutete auf Maria.

"Du auch aufstehe, nix sitze hier."

"Ich mag ned aufstehen, mir tun die Füße weh."

"Genau. Wir bleiben ja ned lang sitzen also beruhig´ dich wieder."

"No, no, aufstehe, aufstehe müsse, isse nix gut so."

"Also glaubst, der regt mich auf", Hannelore sprach nun auch lauter, "wir nix aufstehe, wir sitze, aber ned lang, mache nix kaputte gelle? Habe kaputte Füße, verstehe?"

Der Mann ging zu Maria und zerrte an ihrem Ärmel um sie zum aufstehen zu zwingen.

"He, lass des."

"Du müsse aufstehe, Mama mia, dumme Frau."

Jetzt platzte Hannelore der Kragen, das war für ihr bereits geläutertes Gemüt zu viel.

"Ja i glaub i spinn, hast das du nimmer alle ha? Nimm sofort deine Griffel von meiner Freundin. Was meinst denn du, wer du bist, ha? Was geht´s denn dich eigentlich an, wo wir sitzen, ha? Bist du da Hausmeister von da oder wie? Scheinbar ned oder? Bist a bloß so a depperter Touri wie wir ha? Also manndl di mal ned so auf und schau bloß das di schleichst, sonst vergess´ ich mich, capische?"

Und mit den letzten Worten kam sie dem verdatterten Mann näher, schrie ihn an und fuchtelte vor seinem Gesicht herum.

"Schau das du Land gewinnst, sonst schmier ich dir noch eine, host mi?"

Obwohl der Mann nur einige Wörter der aufgebrachten Hannelore verstanden hatte, war ihm dennoch klar, dass es besser war, weiter zu gehen, egal ob die beiden hier auf antiken Säulen saßen oder nicht.

Immer noch aufgebracht und außer Atem setzte sich Hannelore wieder auf ihre Säule und schimpfte weiter.

"Ja so ein Depp, unglaublich ha? Sagt der dumme

Fraue zu uns. Also glaubst am liebsten würd ich dem hinter rennen und ihm doch no eine betonieren..."
"Des wäre der gar ned wert."
"Hast auch wieder Recht."

So saßen sie dann noch eine viertel Stunde auf ihren antiken Plätzen, als schon der blau/weiße Schirm wieder in Sicht kam. Frau Küberlinger winkte wild hin und her und rief ihre "Schäfchen" wieder zusammen.

Mittlerweile sah die Gruppe schon arg mitgenommen aus. Die Frisuren ließen arg zu wünschen übrig, die Kleidung hing ramponiert und verschwitzt an den ausgelaugten Körpern.

"So meine Lieben, hi hi, nachdem wir nun auf den Spuren des alten, römischen Senats gewandert sind, machen wir uns auf zum berühmten Trevibrunnen. Das ist jetzt auch nicht mehr weit, wie ich ihnen schon versprochen habe, die längste Strecke liegt bereits hinter uns. Also überlegen sie sich schon mal was sie sich wünschen wollen, wenn sie dann eine Münze in den Brunnen werfen, hi hi."

Kapitel 18

Ein leckeres, hausgemachtes Tiramisu mit einem original italienischen Espresso rundete das Fünf-Gänge-Menü der drei Herren ab.
Peer betonte immer wieder, dass er so ein Gedicht von einem Tiramisu noch nie gegessen hatte. Pablo erklärte ihm, dass selbiges nach einem streng geheimen Familienrezept zubereitet werde, welches nur die Frauen in seiner Familie kannten und seit Generationen auch nur an die nächsten Frauen der Familie weiter gaben. Er erzählte weiter, dass er schon des Öfteren versucht hatte, seiner Schwester das Geheimnis zu entlocken. Er hatte sie sogar einmal betrunken gemacht, um ihre Zunge zu lockern. Als sie dann den entsprechenden Alkoholpegel erreicht hatte und er nachgefragt habe, war sie weiß wie die Wand geworden und hatte nur gesagt, er solle sie nie, nie wieder danach fragen, denn wenn sie auch nur ein Sterbenswörtchen davon verrate, müsse sie sterben."

"Sterben, also bitte", lachte Maurice.

"Oh, dasse isse nicht lustig", und mit gewichtigem Blick flüsterte Pablo weiter "du kenne die Familia nicht!"

Er zog noch kurz die Augenbrauen hoch und verschwand beleidigt in Richtung Küche.

Peer und Maurice amüsierten sich noch über die dramatische Darstellung des Ganzen und wie gerne doch der Italiener an sich zu Übertreibungen neigt, als Luigi ihnen erklärte, das das wirklich nicht lustig war. Er könne durchaus nachvollziehen, dass die Schwester Angst um ihr Leben hätte!

Das war zu viel für seine beiden Freunde. Sie kugelten sich vor Lachen und gaben ihre Überlegungen zum Besten, wie wohl so eine Schlagzeile dann aussehen könnte. `Tiramisu-Mord in der Familienküche´ - `Bäckermafia hat wieder zugeschlagen´ - `Keine Gnade bei Herrn Mascarpone´ - `Rezept verraten, in der Hölle braten´...

Immer abenteuerlicher und abstruser wurden ihre Ideen.. Luigi fand das alles gar nicht lustig und wurde mit jedem weiteren Schlagzeilen-Vorschlag missmutiger.

"Ihr habe keine Ahnung, mache nur lustig über uns - sterben isse auch, wenn man von die Familia ausgeschlossen wird und zwar für immer - und dasse isse wie sterbe", und mit diesen Worten sprang er auf und folgte seinem Freund in die Küche.

Peer und Maurice sahen sich an und prusteten gleich wieder los. Sofort hatten sie neue Schlagzeilen parat - `Tiramisudrama, der Freund wusste Alles´ - `Luigi und sein dunkles Geheimnis´...

Als sie sich beruhigt hatten, überlegte Maurice laut, ob denn mit drei Damen zu Hause inzwischen alles in Ordnung wäre. Und was wohl mit Edeltraud passiert war? Auch Peer hatte schon in die Richtung überlegt und fragte seinen Freund, ob es besser wäre, wieder nach Hause zu gehen, um ihnen evtl. ihre Hilfe anzubieten.

Nach kurzem hin und her überlegen beschlossen sie jedoch, dass sie sich erst einmal lieber nicht einmischen

wollten. Sie hatten beide den Verdacht, dass Edeltraud die Nacht mit dem Josef verbracht hatte und vielleicht nur selbst erschrocken war darüber, dass sie sich überhaupt darauf eingelassen hatte.
Also bestellten sie sich noch ein Gläschen Wein, welches vom Aushilfskellner gebracht wurde, da Pablo anscheinend immer noch in der Küche schmollte.

Die Truppe um und hinter Frau Küberlinger schlurfte derweil stur in Richtung Trevibrunnen. Für einen Außenstehenden hatte dieses Bild etwas vom berühmten Gefangenenchor aus Nabucco. Abgekämpft, müde, erschöpft und missgelaunt, wie sie alle waren.

Ganz anders verhielt es sich bei Hilde, Rosi und Edeltraud. Sie spazierten fröhlich lachend in der Sonne und freuten sich immer noch über ihren Entschluss, dass sie nach London reisen würden und schmiedeten auch schon Pläne, ihre nächsten Ziele betreffend. Als sie gerade bei den kanarischen Inseln angelangt waren, meinte Edeltraud dazwischen:
"Puh, sind wir bald da? Und geht´s mal a bisserl langsamer, ich leide."
Rosi und Hilde prusteten gemeinsam los.
"Ja was denn? Des is kein Spaß, echt, des tut weh, des reibt und brennt..."
Hilde wischte sich die Tränen aus den Augen:
"Ja wer´s mit zwei Männern auf einmal treibt, der braucht sich nicht wundern. Jetzt geh weiter, du verruchtes Luder, du."

Edeltraud schnappte kurz nach Luft, konnte jedoch, angesichts des ansteckenden Lachens ihrer Freundinnen auch nicht mehr ernst bleiben und stimmte in das Gelächter ein. Sie mussten sogar kurz stehen bleiben, weil Rosi zusammen zwicken musste- wie sie es nannte - damit sie nicht vor Lachen ein paar Tröpfchen verlor. Zwischen den einzelnen Lachern hatte sie noch einen guten Rat für Edeltraud:
"Dann wünsch´ dir beim Brunnen am besten eine schnelle Wundheilung - Wund - Heilung, verstehst?"
Und schon wieder prusteten alle drei wild los und konnten sich kaum halten.
"Mach halt größere Schritte, dann geht´s vielleicht besser", kam als guter Rat von Hilde.

Mit breitbeinigen Schritten schaffte Edeltraud den restlichen Weg und so erreichten sie unter ständigem Gekicher den berühmten Trevibrunnen.

Wie erwartet, wimmelte es auch hier von Touristen. Direkt am Rande des Brunnens herrschte dichtes Gedränge, da jeder seinen Münzwurf inklusive Foto machen wollte. Sobald dies erledigt war, wurde man schon weiter geschoben, damit die nächsten dran kamen.

"Jesses Maria, is des ein Gewusel", Hilde schüttelte ungläubig den Kopf, "da muss man sich seinen Wunsch vorher sehr genau überlegen, damit man den ned versaut oder falsch wünscht, vor lauter Hektik".
Auch Rosi war ziemlich erstaunt, ob der riesigen Menschenmenge, "ja, dann überleg schon mal, während

wir uns ein freies Plätzchen zum werfen suchen. Und richtets vor allen Dingen gleich eure Münze her."

"Wie viele Münzen kann man da rein werfen? Steht da für jede ein Wunsch oder für viel Geld ein großer Wunsch oder wie? Was meint ihr?", fragte Edeltraud mit ernstem Gesicht und überlegte bereits angestrengt, wie sie ihre Wünsche formulieren sollte und wie viel Geld sie dafür investieren musste.

"Ich hab keine Ahnung, aber was spricht dagegen, wenn du mehrere probierst?"

"Ja genau, des seh´ ich auch so", und schon suchte Edeltraud ihr Kleingeld zusammen. "ok, sieben Geld, sieben Wünsche!", grinste sie.

"Also dann Mädels, auf in den Kampf und ran an´s Becken."

Hilde stemmte die Ellbogen nach außen und zwängte sich erst in die Menge und dann durch die Menge. Nach kurzer Zeit hatte sie es tatsächlich bis zum Brunnenrand geschafft, glücklich drehte sie sich um, damit sie mit dem Rücken zu diesem stand und hielt kurz inne. Wie war das jetzt nochmal? Mit welcher Hand über welche Schulter? Sie beobachtete den älteren Herrn, der neben ihr stand, welcher mit der rechten Hand über die linke Schulter warf. So war das also. Sie schloss die Augen, konzentrierte sich auf ihren Wunsch und warf ihre Münze über die linke Schulter in den Brunnen. Kurz blieb sie noch mit geschlossenen Augen stehen. Sie wusste auch nicht genau, auf was sie wartete, ein Gefühl oder vielleicht die Gewissheit, dass sich der Wunsch erfüllte oder so? Während sie noch überlegte, wurde sie unsanft in die Rippen gestoßen.

"Au", verärgert öffnete sie ihre Augen und sah eine kleine, alte Frau vor sich, die stark an ein Zwetschgenmännlein erinnerte, welche mit erhobenem Zeigefinger gestikulierend und in einer komischen Sprache schnell und laut auf sie einredete (Hilde vermutete stark, dass sie gerade beschimpft wurde).

Ja, ja, ich geh ja schon, dachte Hilde gerade als die kleine Frau anfing bzw. versuchte, Hilde aus dem Weg zu schieben.

"He he, immer langsam reiten Oma, i geh´ ja scho weg."

Das kleine Etwas vor ihr wurde richtig ungehalten und schubste und schimpfte wie wild.

"Ja sag einmal spinnst du, ha? Nimm deine greißligen Bratzen da weg und lass mi in Ruh."

Und zeitgleich mit ihrem letzten Wort spürte Hilde einen heftigen Schmerz an ihrem linken Schienbein aufbrennen. Ungläubig starrte sie zunächst auf ihr Bein und dann wieder auf die Alte. Hatte die ihr gerade an´s Schienbein getreten? Hilde hatte die Antwort in ihrem Kopf noch nicht gefunden, als die Oma schon wieder mit ihren Beinen nach ihr treten wollte. Geschickt wich Hilde dem folgenden Tritt aus und wurde jetzt richtig sauer. Sie packte die kleine Frau an den Armen, schüttelte sie leicht und schrie sie an:

"Bist du deppert oder was? Hör sofort auf, mir an´s Schienbein zu hauen, sonst kriegst a Watsch´n, aber mitten in dei verrunzelte Lätsch´n, dass da deine greißligen Falten nach hinten haut, verstehst?"

Die Alte verstand natürlich kein Wort und wurde immer giftiger, sie kämpfte und schrie nun mit ganzem

Körpereinsatz und wollte ständig nach Hilde treten. Gleichzeitig versuchte sie ihre Arme zu befreien, die Hilde nun immer fester hielt, da sie die kleine Furie sonst nicht mehr halten konnte.

"Ja du kleiner Giftzwerg du grintiger, jetzt reiß di mal zam und führ di ned so auf..."

Immer mehr von der umstehenden Menge beobachtete interessiert das kleine Schauspiel der beiden Frauen. Und wie das meist so ist, fanden die Männer das Ganze recht lustig während die meisten Damen missbilligend den Kopf schüttelten.

Hilde versuchte immer noch, das kleine Rumpelstilzchen auf Abstand zu halten und weg zu schieben, als sie auf einmal etwas Kaltes und Nasses an ihrer Backe spürte. Die Alte war jetzt ganz ruhig in ihren Armen und grinste sie böse an.

"Du host mi jetzt ned angespuckt oder?" Doch Hilde wusste es besser und während sie mit ihrem Ärmel über ihre Backe wischte und gleichzeitig diese Tatsache von ihrem Gehirn aufgenommen wurde, setzte dieses auch schon wieder aus. Sie nahm augenblicklich die überraschte Frau in den Schwitzkasten und zerrte sie zum Beckenrand.

"Na wart, du mistig´s Luder, des machst du ned mit mir".

Und noch bevor jemand eingreifen konnte, tauchte Hilde den Kopf der Alten blitzschnell ins Wasser und wieder heraus. Die Frau prustete und schnappte nach Luft.

"Und wie gefällt dir des ha? Is greißlig gell, wenn´s auf einmal kalt und nass wird im Gesicht ha, da geh her", und schon tauchte sie den Kopf noch einmal unter. Entsetzt und erschrocken schrien einige der Umstehenden auf, andere versuchten Hilde vom Brunnen weg zu zerren. Doch die ständigen Adrenalinschübe verliehen ihr eine unglaubliche Kraft. Wie ein Fels stand sie da und hielt die Alte wie im Schraubstock fest. Noch nie in ihrem Leben war sie so wütend gewesen. Sie war wie in einem Tunnel, sah nur den Kopf von der Alten, den sie schon zum dritten Mal ins Wasser tauchte. Immer mehr Leute hingen und zerrten schon an ihr um diesem Spektakel ein Ende zu bereiten. Aber Hilde war noch lange nicht fertig. Sie schwitzte und keuchte schon durch die ganze Anstrengung, aber sie dachte nicht daran die Alte frei zu geben. Die würde niemanden mehr ins Gesicht spucken! Als sie den Kopf ein weiteres Mal in Richtung Wasser drückte, wurde sie von zwei sehr starken Händen an den Oberarmen gepackt und sanft nach hinten gezogen. Sanft? Diese Berührung brachte sie kurz aus dem Konzept und ihr Körper folgte den beiden Händen.

"Bitte beruhigen sie sich, Hilde".

"Beruhigen? Des kleine Mistvieh da hat....", mitten im Satz brach Hilde ab, als ihr klar wurde, dass sie soeben mit ihrem Namen angesprochen worden war. Sie drehte sich um und sah direkt in das Gesicht des Herrn Pfarrers. Ihres Pfarrers. Also DER Pfarrer, der Pfarrer, von der Gemeinde, also....ihre Gedanken überschlugen sich.

"Ja...ja.... Herr Pfarrer, ja...also was machen denn sie da?"

"Zunächst einmal möchte ich ihnen sagen, dass es mich freut sie zu sehen und es ihnen...äh gut geht, liebe Hilde. Wir haben uns schon Sorgen gemacht, als wir sie an dem

Rastplatz vergessen....also ähm ich mein...", der Pfarrer suchte nach Worten, "nachdem wir sie verloren, äh nein, also nachdem sie nicht mehr im Bus waren...."

Sie blickte immer noch ungläubig auf den Pfarrer und bemerkte dann, dass hinter ihm die gesamte Busgesellschaft, samt der irren Reiseleitung stand, die sie alle anstarrten. Als sie die entsetzten Gesichter aller sah, wurde ihr bewusst, dass sie die Alte immer noch im Schwitzkasten hatte. Sie blickte auf die Frau herab und wunderte sich, dass diese so still stand. Sie bemerkte, wie diese ehrfürchtig den Herrn Pfarrer anblickte.

"Aha. So eine bist du also, erst die wilde Maria machen und kaum ist ein Geistlicher da, dann wird auf scheinheilig gemacht ha?"

Sie löste sich von der Frau mit einem verächtlichen Schnauben.

Die Alte, welche keine Notiz mehr von Hilde nahm, wischte sich die nassen Haare aus dem Gesicht, nahm die Hand des Herrn Pfarrer, murmelte etwas in der komischen Sprache und küsste dann dessen Hand. Der Pfarrer tätschelte ihre Hand und meinte nur milde lächelnd: "ist schon gut, liebe Frau." Er legte ihr noch seine Hand auf ihren Scheitel und ein seliges Lächeln erschien auf ihrem Gesicht und sie verschwand ruhig in der Menge.

Ungläubig starrte Hilde ihr hinterher.

"Jessas, wahrscheinlich meint die dass sie der Papst persönlich sind, Herr Pfarrer. Die is irre, glaubens mir. Haben sie gesehen wa..."

"Hilde, wir haben alle gesehen und vor allen Dingen auch gehört was hier los war. Darum haben wir sie ja gleich gefunden", schmunzelte der Geistliche.

Da kam der Gedanke wieder, der Hilde beim ersten Blick hinter den Pfarrer sofort in die Eingeweide geschossen war. Und jetzt wurde sie erst richtig wütend, ja wütend war gar kein Ausdruck dafür, sie verwandelte sich in eine Furie, wechselte ihre Gesichtsfarbe auf Knallrot und schrie die versammelte Gesellschaft nieder:

"Ja ihr Grantler, ihr greißligen, ja das euch ned schämts! Ja was fällt euch denn eigentlich ein ha? Lassts uns einfach stehen und fahrts gemütlich weiter nach Rom oder wie? Is euch überhaupt aufgefallen, dass wir ned da waren? Oder habt´s des recht lustig gefunden, uns einfach mal am Rastplatz stehen zu lassen? Scheinheilige Bagage, ihr, alle miteinander!"

Sie blickte wie ein gehetztes Tier in die Runde, als ihr Blick beim Gesicht von Frau Küberlinger hängen blieb. Mit ihrem rechten Zeigefinger deutet sie auf die Reiseleitung und brüllte weiter:

"UND DUUU, du greißlige Schnepf´n, ja du wirst di no anschauen! Na wart, wenn wir wieder daheim sind, dann kannst dir einen neuen Job suchen, des versprech´ ich dir! Und billig wird des auch ned! Da könnt s gleich mal an Geldbeutel aufreißen, du und dei Chef!"

In ihrer Rage hatte Hilde gar nicht bemerkt, dass sich mittlerweile Rosi und Edeltraud an ihre Seite durchgekämpft hatten. Rosi nahm sie leicht am Arm und meinte mit leiser, beruhigender Stimme:

"Hilde, beruhig dich..."

"Ich mog mi aber ned beruhigen, ja sag einmal, du hast doch den ganzen Scheiß auch mitgemacht oder?"

"Ja und du hast ja Recht, die kriegen alle noch ihr Fett weg, aber ned hier. Ned da, wo uns die halbe Welt zuschaut."

Mit einer Kopfbewegung deutet sie auf die Menschenmenge, welche sie teilweise interessiert, entsetzt und auch belustigt anstarrte.

Frau Küberlinger hatte sich einen Weg zu Hilde gebahnt und wirkte nun ebenfalls flüsternd auf sie ein. Ihr war das alles zutiefst peinlich und sie wollte die Situation einfach nur entschärfen und so weit möglich, aus der Öffentlichkeit raus halten.

"Kommen´s bitte mit an die Seite, da können wir in Ruhe darüber sprechen. Muss doch nicht jeder mitkriegen hier. Und schließlich möchten die Leute doch auch noch ihre Münzen in den Brunnen werden, gell?"

"GELL? GELL? Dein blödes hi, hi hast no vergessen, du...du...."

"MEINE DAMEN! JETZT IST SCHLUSS"!, donnerte auf einmal die Stimme des Herrn Pfarrer dazwischen und er packte, wie es sonst so gar nicht seine Art war, Hilde und Frau Küberlinger an den Armen und zerrte sie vom Trevibrunnen weg, durch die Menge, welche sofort Platz machte, angesichts des herrschaftlichen Auftretens des Geistlichen. Er führte sie in Richtung einer kleinen Gasse und positionierte sie dort am Eckhaus mit ihrer beider Rücken an die Wand.

"So und jetzt werden wir das alles wie anständige Menschen klären."

"Anständig?", Hilde kam schon wieder in Rage, "des is wohl ein Witz Herr Pfarrer. Meinen sie dass des lustig ist, wenn man einfach vergessen wird?"

"Nein, natürlich nicht, liebe Hilde."

"Ja genau, natürlich nicht! War des scho schlimm, glauben´s mir, aber dann noch ned einmal wieder kommen, um uns abzuholen, des.. des....also des is die Frechheit hoch drei! Können sie sich vorstellen, wie es uns ergangen ist?"

"Na so schlimm kann´s ja ned gewesen sein, schließlich sind sie ja alle drei in Rom angekommen oder?" mischte sich nun Frau Küberlinger wieder ein.

"Jetzt pass mal auf, du hirnrissiges Weib, du blödes Ar..."

"HILDE!" Der Herr Pfarrer war entsetzt.

Mittlerweile war auch die restliche Truppe mit Rosi und Edeltraud eingetroffen und beobachteten weiter das Schauspiel.

"Nix Hilde, Hilde, mir reicht´s jetzt. Wenn sie wüssten was wir durchgemacht haben (kurz kam ihr die schöne Nacht mit Maurice in den Sinn- aber dass war schließlich Privatsache, das hatte hiermit nix zu tun), während ihr gemütlich im Bus hier her gefahren und im tollen Hotel geschlafen habts. Die Papst-Audienz habt´s genießen können und so weiter. Wir haben´s nicht einmal auf den Petersplatz geschafft, aber hauptsach´ euch geht´s gut oder?"

Sie schaute wutentbrannt in die Runde und schnaufte und keuchte wie ein Walross. Keiner aus der Gruppe sagte etwas. Zunächst war Hilde darüber etwas überrascht, dass so gar keine Einwände oder irgendeine

Form von Gegenwehr kam, als sie sich die Gestalten vor sich etwas genauer ansah. Sie runzelte die Stirn.

"Und wie schaut´s ihr eigentlich alle aus? Warts ihr etwa so etwa beim Papst?"

Fragend blickte zum Pfarrer, der, wie ihr jetzt auch erst auffiel, genau so ramponiert aussah wie der Rest der Gruppe. Doch bevor dieser etwas sagen konnte, löste sich Hannelore aus der Reisegesellschaft und kam ein paar Schritte auf Hilde zu:

"Glaub mir, egal was ihr durchgemacht habt, bei uns war´s mindestens genauso schlimm. Wir haben im Bus geschlafen, in die Büsche gepieselt, nix gescheites zum Essen gekriegt und seit unserer Abfahrt kein Bad mehr gesehen. Wir sind durch halb Rom geschleift worden, haben Blasen an den Füßen und sind total verschwitzt. Und ja, wir haben den Papst gesehen und nochmal ja, des war echt schön. Des war aber auch schon das einzige an dieser Reise, was gepasst hat. So und jetzt geh´ ich nochmal zum Trevibrunnen, schmeiß´ an Fünfer nei, für neue Füße, neue Schuhe, a gscheits Bad mit Dusche und das i vielleicht endlich mal ein paar knackige italienische Chicos zu sehen bekomm´."

Sie drehte sich um, hackte Maria unter und marschierte davon.

Kapitel 19

Die Jungs hatten sich mittlerweile alle wieder beruhigt. Luigi konnte niemanden lange beleidigt sein und auch Pablo kam wieder mit einem Lächeln aus der Küche getänzelt, als ob nichts gewesen wäre.
Peer und Maurice blickten sich kurz vielsagend an und wussten, dass sie beide das gleiche dachten: Italiener! Immer einen leichten Hang zur Dramatik, aber in diesem Fall nicht nachtragend. Nur gut, dass sie die beiden Paradiesvögel schon so lange kannten. Auch war ihnen klar, dass sie wieder einmal nicht für das ganze Essen und Trinken bezahlen durften - wie immer - doch sie verlangten trotzdem - wie immer - die Rechnung. Mit theatralischem Gesichtsausdruck, der signalisieren sollte, wie beschämt Pablo darüber war, erklärte er ihnen, dass sie selbstverständlich seine Gäste waren. Luigis Freunde sind auch seine Freunde. Luigi ist Familia und somit sie beide auch, was ihnen denn überhaupt einfiele, er würde doch nie von seiner Familia Geld verlangen, Mama mia. Peer und Maurice spielten das Spiel mit - wie immer - und bekundeten ihrerseits, wie schön und welche Ehre es sei, dass sie zur Familia gehörten. Weiter erklärten sie
- wie immer - dass sie noch nie so hervorragend gespeist hätten und dass sie stolz waren, in den Genuss der speziellen Familienrezepte gekommen zu sein, welche es so nirgends in ganz Italien gab. Diese Komplimente tat

Pablo wiederrum - wie immer - mit einer wegwerfenden Handbewegung ab, "ah, so tolle isse auch wieder nicht". Allerdings grinste er dabei über das ganze Gesicht.

Nachdem sich dann endlich alle mit vielen Umarmungen und Küsschen voneinander verabschiedet hatten, machten sich die drei auf den Weg nach Hause. Sie schlenderten durch die kleine Gasse in Richtung Trevibrunnen, da Maurice spontan beschlossen hatte, dass es wieder einmal Zeit für einen Münzwurf war.

Als sie aus dem Schatten der Gasse in das schöne, wärmende Sonnenlicht traten, entdeckten sie Rosi, Hilde und Edeltraud inmitten einer Menschengruppe.
Na sowas! Luigi rannte gleich auf sie zu und strahlte sie an.

"Ah, die schöne Damen! Es gehe euch wieder gut, wie ich sehe? Alles wieder inne Ordnung?"

"Ach du Scheiße, " murmelte Rosi, "die haben uns jetzt grad noch gefehlt."

Sie nahm Luigi am Arm und drehte ihn gleich mit einer fließenden Bewegung um und schob ihn sachte zu Peer und Maurice zurück, die noch am Rand der Gasse standen. Leise erklärte sie ihnen, dass dies die besagte Reisegruppe war, mit der sie ursprünglich unterwegs gewesen waren. Darauf hin wollte sich Peer gleich auf die Meute stürzen und ihnen einmal gehörig die Leviten lesen. Schließlich konnte es ja nicht angehen, dass man einfach so drei Damen auf dem Rastplatz stehen lässt. Rosi hielt ihn zurück und meinte, dass das sehr nett von ihm wäre und sie dies auch zu schätzen wüsste, aber sie wollte vermeiden, dass irgendwer aus der Gruppe evtl.

auf dumme Gedanken käme....die ja durchaus berechtigt waren...aber das ging schließlich niemanden etwas an und schon gar nicht die größte Dorfratschen überhaupt, die Moosleitnerin.
Sie hatte den Satz kaum zu Ende gesprochen, als ihr auffiel, dass sie selbige noch gar nicht gesehen hatte. Mit eindringlichem Blick beschwor sie noch einmal die Männer, sich bitte nicht einzumischen und drehte sich dann um, um das Gesicht der Moosleitnerin zu suchen. Natürlich konnte sie es nicht finden, sie wandte sich an den Herrn Pfarrer und fragte nach deren Verbleib.

Jetzt wurde die Gruppe wieder etwas unruhig, einige blickten betreten zu Boden, andere starrten Frau Küberlinger erwartungsvoll an. Aber wieder war es der Herr Pfarrer, der die Situation mit ruhigen Worten erklärte. Als er damit fertig war, starrten sich Hilde, Rosi und Edeltraud ungläubig an. Edeltraud fand als erste ihre Worte wieder:
"Ihr habt´s noch jemand verloren?"
"Sowas gibt´s doch gar ned, des is ja wie in einem schlechten Film", wunderte sich Rosi.
Einzig Hilde fing nun zu lachen an:
"Tja Hübel-Kübel, des werd ned nur deine Kündigung, ich glaub du kriegst in der Branche gar keinen Job mehr. Vier Personen auf einer Fahrt zu verlieren - Respekt! Und dann noch nicht einmal nach ihnen zu suchen oder zu wissen was passiert ist oder wo sie sind...mein lieber, mein lieber, des wird ein Nachspiel haben, aber Hallo!"

Die Reiseleitung wollte wieder einmal zu Erklärungen ansetzen, als man direkt sehen konnte, wie sämtliche Luft und Energie aus ihrem Körper wich und sie in sich zusammensackte. Sie ließ sich auf den Boden nieder und begann bitterlich zu weinen.

Im ersten Moment waren alle Umstehenden peinlich berührt, da sie so einem emotionalen Ausbruch von der taffen und überdrehten Dame gar nicht erwartet hatten. Einzig der Herr Pfarrer und Luigi waren sofort zur Stelle und gingen in die Hocke um sie zu trösten.

Frau Küberlinger hatte die Hände vors Gesicht geschlagen und schluchzte hemmungslos. Sie wurde richtig durchgeschüttelt und versuchte zwischen den einzelnen Schluchzern immer wieder die Sache zu erklären. Nach dem fünften Anlauf klappt es schließlich und sie erzählte.

Sie habe auch nur ihren Job gemacht. Sie könne doch nichts dafür, dass ihr Chef diese Sachen immer so einfädelt, damit für ihn der größtmögliche Gewinn dabei raus kommt. Sie wisse auch, dass es nicht toll ist im Bus zu schlafen, kein Bad zu haben usw. Aber sie sei halt nur die Dumme, die dann alles vor Ort so gut wie möglich ausbügeln musste. Aber sie brauche nun mal den Job, sie hatte doch keine Wahl. Nach der Trennung von ihrem Mann war sie auf einmal ganz alleine und auf sich gestellt gewesen. Mit Kind, keine Wohnung, kein Geld und einen Haufen Schulden. Was hätte sie denn tun sollen? Das Reisebüro war die einzige Möglichkeit für sie gewesen, um Geld zu verdienen und trotzdem für ihr Kind da zu sein. Da sie immer nur zwei- bis dreimal im Monat für Kurztrips eingespannt wurde, war das die ideale Lösung für sie. Ihre Tochter war an diesen wenigen Tagen dann immer bei der Oma untergebracht.

Und ja, sie wusste auch, dass das hier alles Abzocke sei und ihr graute jedesmal vor diesen Reisen, aber sie brauchte das wenige Geld. Die Beschwerden, die es danach immer hagelte gingen sie ja nichts mehr an. Sie wusste nicht, wie der Chef diese Angelegenheiten immer regelte und es war ihr auch egal. Sie sei auch schon seit geraumer Zeit auf Suche nach einem neuen Job, aber in ihrem Alter sei das auch nicht mehr so einfach. Und wenn man dann dazu noch ein schulpflichtiges Kind hat, kommt dann eins und eins zusammen.

Sie schnaufte kurz durch, schnäuzte sich die Nase und blickte hoch in die Gesichter der Gruppe.

"Glauben sie mir, ich hab mir furchtbare Sorgen um die Damen am Rastplatz gemacht, genau so wegen der Frau Moosleitner, aber ich habe keine Wahl in solchen Dingen. Fragen sie den Busfahrer. Unser Benzin ist genau kalkuliert, da wäre ein Umdrehen gar nicht mehr möglich gewesen. Und wenn wir es doch gemacht hätten, dann wäre das alles von unserem Gehalt abgezogen worden, welches, wie sie sich vielleicht denken können, nicht gerade viel ist. Und ich brauche davon jeden Cent. Auch dem Erwin geht es nicht anders. Er ist auch immer ganz unglücklich über diese Reisen, aber auch er hat am Arbeitsmarkt keine Chance. Er ist zu alt und hat zudem noch eine etwas bewegte Vergangenheit. Der Chef weiß das und nutzt das halt alles aus. So, jetzt wissen sie es. Und mir ist es ehrlich gesagt auch egal, was sie jetzt machen oder wo und wie sie sich alle beschweren, bei mir kann es nicht mehr schlimmer kommen.

Frau Küberlinger holte tief Luft und straffte ihre Schultern. Jetzt, wo endlich einmal alles gesagt war, ging es ihr gleich viel besser. Sie rappelte sich mit Hilfe von Luigi und dem Herrn Pfarrer hoch und blickte offen in die Runde. Keiner sagte ein Wort.

Luigis Augen jedoch wanderten geschäftig zwischen der abgekämpften Gruppe, dem Pfarrer und Frau Küberlinger hin und her. Er versuchte das Gehörte mit den Tatsachen die ihm da gegenüber standen in Einklang zu bringen und hatte sofort eine Geschäftsidee.

Er erklärte den Anwesenden, dass seine Wohnung ganz in der Nähe war und diese natürlich auch über ein Bad verfügte. Weiter erzählte er, dass er ihnen dieses gerne überlassen würde, damit sie sich alle wieder etwas frisch machen konnten. Vielleicht nicht gleich duschen, denn dann wäre das Warmwasser ziemlich schnell aufgebraucht, aber fürs frisch machen, sollte es allemal reichen.

Erst jetzt nahm Frau Küberlinger den quirligen Italiener wahr.

"Entschuldigung, aber wer sind jetzt sie bitte? Und warum sollten wir ihr Bad benutzen?"

Noch bevor Luigi antworten konnte kam Maurice herbei und erklärte, dass er und Peer die Damen am Rastplatz getroffen und mitgenommen hatten und sie alle bei ihrem Freund Luigi untergekommen waren. Rosi bestätigte dies und erklärte weiter, dass dies wirklich drei sehr anständige Menschen waren, die ihnen sehr geholfen hatten.

Nun redeten alle durcheinander, denn die Aussicht auf ein Badezimmer setzte bei allen neue Energien frei. Sie überlegten hin und her, wie sie es bewerkstelligen konnten, damit jeder zu seinem Vergnügen kam. Zumal auch Hilde noch anmerkte, dass sie auch gerne ihre Reisetasche aus dem Bus wieder hätte, damit sie frische Kleidung anziehen könnte.

Schließlich stand der Plan fest. Die Truppe würde sich nun auf dem Weg zum Bus machen, während Peer den Kleinbus holen und dann zum Busparkplatz fahren würde. Dort würde er immer 4-er Gruppen abholen, die sich bei Luigi dann waschen und umziehen konnten.

Kurz bevor sich alle auf den Weg machten, erklärte Luigi noch, dass er natürlich von jedem einen kleinen Beitrag zu seiner Wasserrechnung benötigte, er hätte dabei so an fünf Euro pro Person gedacht. Und noch bevor jemand etwas sagen konnte, meinte Frau Küberlinger sofort, dass sei völlig in Ordnung, das könnten sie dann alle auch gleich noch bei ihrem Chef geltend machen. Luigi sollte ihr einfach eine Quittung oder Bestätigung ausstellen, wenn das möglich wäre. Und ob das möglich wäre! Als Hobby-Geschäftsmann hatte Luigi immer einen Vorrat an Quittungsblöcken im Haus.

Und so verging der Nachmittag indem ein reges Kommen und Gehen bei Luigi herrschte und beim Bus die Stimmung, mit jedem neuem, frisch zurück kommendem 4-er Trupp, immer besser wurde. Als am Abend alle, einschließlich Frau Küberlinger und Erwin, wieder frisch gewaschen am Bus waren, kam noch einmal Peer angefahren.

Luigi sprang auf der Beifahrerseite heraus und rief mit strahlendem Gesicht: Überraschung! Gleichzeitig öffnete er die Schiebetüre des Busses und die Umstehenden sahen mindestens 20 riesige Pizzaschachteln und einige Kartons mit Prosecco. Natürlich alles beste italienische Ware, die Luigi kurzer Hand von seinem Cousin besorgt hatte, welcher ein traditionelles Lokal führte, indem selbstverständlich nur nach Familienrezepten gekocht wurde.

Peer kam hinzu und gemeinsam beförderten sie drei Campingtische aus dem Bus und stellten sie auf. Erwin hatte sofort Pappbecher und Servietten parat und verteilte diese schon an alle. Die Gruppe ließ sich die Pizzen schmecken und sprach dem Prosecco ordentlich zu. Frau Küberlinger war sichtlich entspannt und auch nicht mehr so überdreht und aufgesetzt. An Luigi gewandt, meinte sie:

"Wie viel bekommen sie denn für das Essen und den Sekt? Ich sammel´ das für sie ein und sie geben mir eine weitere Quittung dafür, einverstanden?"

Luigi grinste nur und meinte mit zwinkernden Augen:

"Ah, lasse gut sein, isse mit die fünf Euro für Badezimmer erledigt."

"Aber geh, des muss doch nicht sein."

"Schöne Frau, heute wir teile zusammen, isse glaube ich ganz im Sinne von die Heilige Vater, si?"

"Na wenn sie meinen", lächelte die Reiseleitung dankbar zurück.

Auch Erwin war es leichter ums Herz. Er hatte zuvor noch ein langes Gespräch mit dem Herrn Pfarrer geführt, indem er sich ihm völlig anvertraut hatte. Denn auch er litt unter diesen Horrorfahrten, wie er es nannte und wäre auch froh, wenn er einen anderen Job machen könnte. Aber er hatte halt eben ein paar Jugendsünden auf seinem Konto, die ihm für eine neue Anstellung immer noch im Weg standen. Trotzdem war es gut gewesen endlich einmal alles aussprechen zu können - war quasi eine "Beichte to go" gewesen mit dem Herrn Pfarrer.

Peer und Luigi verabschiedeten sich und Frau Küberlinger teilte ihnen noch mit, dass am nächsten Morgen um 9.30 Uhr die Abfahrt geplant sei. Die Herren versprachen, dass die sie Rosi, Hilde und Edeltraud pünktlich abliefern wollten, damit diese nicht wieder vergessen wurden...

Später am Abend freuten sich sogar alle, dass sie noch gemeinsam eine Nacht im Bus verbringen konnten, irgendwie hatte das Erlebte doch zusammen geschweißt. Erwin und Frau Küberlinger verteilten wieder Schlafsäcke und Klorollen und jeder machte es sich so gut es ging gemütlich.

Auch der Pfarrer freute sich, dass wieder fast alles in Ordnung war und dass es allen Teilnehmern gut ging.

Aber eben nur fast...er machte sich schon ein bisschen Sorgen um die Frau Moosleitner.
Hoffentlich hatte sie sich das alles gut überlegt - wenn es denn so war, wie er vermutete...hm. Andererseits hatte ja der eine Herr aus ihrem Bus gesehen, wie sie gegangen war und dass wohl noch recht zufrieden...Ob er sie überhaupt noch einmal sehen würde? Und wie würde sich das zu Hause klären? Mit ihrem "Mann"?
Er beschloss, dass er diese Nacht besonders intensiv für seine Hauswirtschafterin beten würde.

Nachdem die letzte Truppe die Wohnung und vor allem das Bad verlassen hatte, kamen die drei Freundinnen nun ebenfalls in den Genuss von Wasser und Seife. Peer hatte ihnen ihre Reisetaschen vom Bus mitgebracht, sodass sie endlich auch ihre Klamotten wechseln konnten.

Nach den ganzen Aufregungen des Tages, beschlossen die sechs nun, einen gemeinsamen, gemütlichen Abend bei Luigi zu verbringen. Und so teilten sie sich die Aufgaben auf:
Rosi übernahm die Reinigungsarbeiten und putze das Bad gründlich durch, während Hilde und Edeltraud mit Luigi in der Küche verschwunden waren und sich in die italienische Kochkunst einweisen ließen.

Peer und Maurice deckten den Tisch im Wohnzimmer und besorgten beim kleinen Feinkostgeschäft um die Ecke noch Weißwein und Kräcker.

So genossen sie dann ein herrliches Festmahl. Im ganzen Wohnzimmer brannten nur Kerzen und Teelichter als einzige Lichtquelle.

Als Vorspeise gab es ein Carpaccio mit Olivenöl und gehobeltem Parmesan (alles von Hilde zubereitet), danach folgten Muscheln in Weißweinsoße, welche von Luigi präsentiert wurden. Natürlich die beste Soße der Welt, da Familienrezept und seit Jahrhunderten nur von Mund zu Mund weitergegeben. Die Nachspeise war von Edeltraud kreiert worden. Sie hatte im Gefrierfach noch ein selbst gemachtes Lavendeleis entdeckt, welches sie mit karamellisierten Nüssen und frischen Feigen präsentierte. Dazu der fruchtige Wein - es war ein Gedicht.

Nach dem Essen lagen sie alle mit vollen Bäuchen auf der Couch, in Sesseln oder wie Peer, ausgesteckt auf dem Boden. Es war eine träge, schläfrige aber schöne und vor allem vertraute Stimmung. Sie unterhielten sich über die Geschehnisse vom Tag, aber auch über ganz belanglose Themen und immer wieder gaben Peer und Maurice einige Anekdoten von ihren Reisen zum Besten. Als Rosi diesen Geschichten lauschte, wurde sie fast, aber nur fast ein bisschen neidisch auf die beiden. Die zwei lebten ihr Leben! Und zwar in dem Moment, in der Gegenwart. Die dachten nicht an morgen - doch vielleicht an morgen, aber nicht an nächste Woche, den nächsten Monat oder sogar das nächste Jahr. Sie ließen sich nicht, wie sie selbst sagten, von der Zeit geißeln. Und irgendwie hatten sie schon Recht.

So redeten und redeten sie, bis es schließlich halb drei Uhr morgens war und Edeltraud mit einem geschäftigen ´husch-husch´ alle in die Betten schickte. Die Mädels teilten sich das Bett im Schlafzimmer und die Jungs nahmen im Wohnzimmer ihre Positionen ein. Peer blieb gleich an Ort und Stelle auf dem Boden liegen.

Kapitel 20

Mittwoch, 27.02.13

Am nächsten Morgen erwachte Rosi als Erste, nach einer kurzen, unruhigen Nacht und schlich sich aus dem Schlafzimmer. Es war erst halb sieben. Obwohl das Bett groß war, war es zu dritt doch nicht ganz so gemütlich gewesen. Und so hatte sie die Hoffnung auf einen ruhigen, ersten Kaffee, den sie alleine in der Küche genießen wollte.
Als sie auf dem Weg dort hin einen kurzen Blick ins Wohnzimmer warf und alle drei Jungs tief schnarchend da liegen sah, tippelte sie lächelnd in die Küche weiter. Leise schloss sie die Türe und machte sich daran "eine echte italienische Espresso zu trinke" - wie Luigi zu sagen pflegte. Sie genoss das heiße Gebräu und spürte, wie ihre Lebensgeister langsam erwachten. Mit zunehmenden Erwachen nahm sie auch das Chaos in der Küche war. Nachdem sie gestern so fulminant gespeist hatten, wollte natürlich keiner mehr die Küche aufräumen. Also machte sich Rosi daran, so leise wie möglich, damit die anderen noch schlafen konnten, die Unordnung zu beseitigen. Sie räumte die Spülmaschine ein, säuberte Töpfe und sammelte die Reste von Verpackungen und Flaschen in einer Tüte, die sie gleich nach unten in den Müll bringen wollte. Dazu schlüpfte sie schnell in die Pantoffeln von

Luigi und schmiss sich die erst beste Jacke über, die an der Garderobe hing, nahm den Haustürschlüssel und verließ die Wohnung.

Gleichzeitig wurde die Türe gegenüber geöffnet und ein überraschter Aufschrei war zu hören. Erschrocken schaute Rosi auf und blickte in das entsetzte Gesicht der....der....ja das konnte doch wohl nicht wahr sein.....

"Moosleitnerin?"

"........(Schnappatmung)......."

"Moosleitnerin? Wirklich? Ja was machst denn du da?"

".........."

Chica? Alles ok?"

Hinter der Moosleitnerin tauchte eine weitere Person im Flur auf und stellte sich neben sie.

"Ah buongiorno, ich sehe, sie wohnen bei Luigi? Ein Freund von ihnen?"

Jetzt war es an Rosi, die ihre Schnappatmung in den Griff bekommen musste.

"Ja, ich, ähm auch buongiorno. ....Sag mal ich kenn dich doch oder?"

Die angesprochene Person zwickte die Augen zusammen und überlegte offenbar angestrengt.

Rosi klatschte sich mit der Handfläche auf ihre Stirn:

"Ja freilich! Des Pfarrfest vor..., mei wie lange ist des her? Zwei, drei Jahre? Wegen der Partnerstadt usw., weißt nicht mehr? Du bist doch die Georgina oder? Mensch, ich bin die Rosi, ich hab damals beim ausschenken mitgeholfen, weißt nicht mehr?"

Jetzt dämmerte es auch ihrem Gegenüber.

"Ah si si, Rosi, wie schön dich wieder zu sehen. So ein Zufall eh?"

Die Moosleitnerin hatte sich noch kein Stück bewegt und stand immer noch wie erstarrt im Türrahmen.

"Ja also, wie ....ich mein... was....ähm, also du wohnst hier?"

"Si, si, seit fast zwei Jahren. Luigi hat mir gar nicht erzählt, dass er Bekannte in Bayern hat."

"Was? Nein. Ich mein doch. Herrjeh ich bin ganz durcheinander. Also ich kenn den Luigi auch erst seit gestern.....

"Ah si. Bist du mit seinen Freunden angekommen? Ich hab ihren Bus schon gesehen."

"Hm? Ja, ja mit Peer und Maurice.."

Rosi konnte immer noch keinen klaren Gedanken fassen. Sie war hier im Treppenhaus und machte Konversation mit Georgina, während die Moosleitnerin wie versteinert da stand. Und wie sie da stand. Irgendwie verändert sah sie aus, die Moosleitnerin. Zunächst konnte Rosi gar nicht ausmachen, wie oder was sich an ihr verändert hatte. Neue Klamotten? Nein. Neue Frisur? Nein. Geschminkt? Nein. Doch auf einmal stutze Rosi, als es ihr dämmerte. Die ganze Ausstrahlung war anders. Irgendwie .....ja...glücklich, zufrieden.

Tja, da waren sie nun, Rosi mit der Mülltüte in der Hand im Treppenhaus, die Moosleitnerin gegenüber im Türrahmen und die Georgina dahinter. Rosi versuchte immer noch ihre Gedanken zu ordnen.

Sie hatte gar nicht gewusst, dass die beiden anscheinend noch so engen Kontakt hatten. Vielleicht war die Georgina am Ende sogar schon wieder einmal in Rimmshausen gewesen? Hatte die Moosleitnerin besucht oder so. Und sie hatte das gar nicht mitbekommen? Sie schaute aufmerksam in das Gesicht der Moosleitnerin, als ihr klar wurde, dass sie eigentlich recht wenig von ihr wusste...

In dem Moment regte sich etwas in Elvira. Sie holte tief Luft, streckte ihren Rücken durch und stand gerade und mit einem Selbstbewusstsein da, wie es Rosi noch nie an ihr gesehen hatte.

"Ich glaub, es wird Zeit, dass ich mal einiges aufkläre."

Georgina drückte leicht ihren Unterarm und blickte tief in die Augen der Moosleitnerin: "bist du sicher?"

"Ja. Ganz sicher sogar. Wird Zeit, dass ich den Ballast endlich abwerfe."

"Gut."

Georgina grinste und nickte kurz mit dem Kopf und meinte liebevoll mit leiser Stimme, "ich bin stolz auf dich", dann drückte sie der Moosleitnerin einen Kuss auf die Wange und verschwand in der Wohnung.

Elvira sah ihr noch kurz mit einem glücklichen Lächeln im Gesicht nach. Dann straffte sie die Schultern, blickte zu Rosi.

"So und nun zu uns zwei."

Rosi zog überrascht die Augenbrauen hoch.

"Ich bin, ehrlich gesagt, froh, dass du es bist von euch dreien. Dich hab´ ich immer am liebsten mögen. Hast ned so eine große Klappe wie die Hilde und bist auch ned so bieder wie die Edeltraud."

Kurz dachte Rosi an die Erzählungen der Edeltraud von der vorletzten Nacht.....von wegen bieder!

"Du warst auch immer diejenige, die wenigstens ein bisschen nett zu mir war....Naja nett eigentlich auch ned, aber zumindest ned so gemein und blöd wie die ganzen anderen aus dem Dorf. Wobei, da war ich ja selbst schuld."

Rosi fühlte sich auf einmal ertappt und nicht mehr wohl in ihrer Haut und stotterte: "mei, des is.....also weißt, eigentlich....."

"Lass gut sein, brauchst dich ned rechtfertigen. Ich hab ja auch alles dafür getan, damit ihr mich in Ruhe lasst. Hab auf Dorfratsch´n gemacht, damit nur ja keiner was mit mir oder uns zu tun haben wollte. Nur dass manche gleich so gemein wurden, des hab ich ned gedacht. Naja und dann war´s irgendwann auch zu spät, als das ich das Ganze hätte wieder umkehren können..."

Sie blickte in das verständnislose Gesicht von der Rosi.

"Fakt ist, ich bin lesbisch. Und des ned erst seit gestern oder seit die Georgina zu uns gekommen ist. Ich war´s scho immer und ich hab´s auch immer schon gewusst, von klein auf. Naja, ned so klein natürlich, aber als frischer Teenager war mir des schon klar."

Jetzt war es an Rosi, ihre Schnappatmung in den Griff zu bekommen. Sie hatte gar nicht bemerkt, wie sie sich mit offenem Mund auf der Treppe nieder gelassen hatte. Sie konnte nicht glauben, was sie da eben gehört hat. Die Moosleitnerin - lesbisch - des gibt´s doch gar nicht. Allein die Vorstellung...aber halt, schon zwang sich Rosi nicht an die aufkommenden Bilder zu denken, welche sich vor ihrem inneren Auge auftaten.

"Ja da schaust, gell? Damit hättest jetzt nicht gerechnet gell?"

Verbittert schnaubte die Moosleitnerin auf und setzte sich neben Rosi auf die Stufe.

"Ja, nein, also ich mein...nein, ehrlich gesagt nicht."

"Denk ich mir. Aber so ist es nun mal. Und ich bin froh, dass ich endlich aus dem Scheißkaff raus bin, weg vom Franz und weg von all den blöden, scheinheiligen Affen."

"Wie weg? Kommst du denn nicht mehr mit heim?"

Die Moosleitnerin lachte kurz auf.

"Nein, ich bestimmt nimmer. Was meinst, was da los wäre, wenn raus kommt, dass ich eine Freundin hab, ha? Da könnte ich gleich zum steinigen gehen."

"Ja aber der Franz und euer Hof und", fragend und immer noch verwirrt schaute Rosi in der Moosleitnerin ihr Gesicht, "weiß dein Mann, also des... dass du....ich mein...."

"Das ich lesbisch bin? Sag´s einfach so wie es ist, Rosi. Des is nix schlimmes."

"Ja hast ja Recht Moos..., also Elvira. War jetzt nur so überraschend alles. Also gut, weiß der Franz dass du lesbisch bist?"

"Freilich. Des is auch der Grund warum er sich so aufführt, den Hof hat und das ganze Geld verwaltet."

"Was? Wie den Hof hat? Der gehört doch dir oder? Den hat doch dein Vater übergeben. Und wie des Geld verwaltet? Also jetzt aber mal der Reihe nach."

Verbittert lachte die Moosleitnerin auf und blicke stur gerade aus, als sie mit den Gedanken weit in die Vergangenheit zurück schweifte. Über 33 Jahre war es nun schon her, dass ihr Leiden begann. Mit entrücktem Blick begann sie zu erzählen:

"Meine Eltern haben gewusst, dass mit mir etwas "nicht stimmt" - so haben sie es immer ausgedrückt - anfangs. Als ich in das Alter kam, indem Jungen und Mädchen anfangen sich für einander zu interessieren, war ich immer nur mit meiner besten Freundin zusammen. Und zwar nur als Freundinnen, nicht mehr und nicht weniger. Wir haben einfach alles zusammen gemacht, waren unzertrennlich."

"Mensch genau", fiel ihr Rosi ins Wort, "du und die Berger Klara, des hab ich schon ganz vergessen. Ihr warts ja wie eineiige Zwillinge."

"Genau, die Berger Klara. Tja und auch die Berger Klara war es, die mich dann eines Tages....verführt hat. Beziehungsweise es ist halt passiert, verstehst. Sie hatte das ursprünglich auch nicht vor gehabt. Aber irgendwie, glaube ich, haben wir das beide schon immer gewusst, tief in uns drinnen, es war halt immer eine besondere Zuneigung da... und so war es dann eben. Am Anfang waren wir auch selbst erschrocken darüber, was wir gemacht hatten und haben uns fest vorgenommen, so etwas nie mehr zu tun, aber die Anziehung war einfach stärker. Und so haben wir dann nach und nach eine feste Beziehung aufgebaut. Und soll ich dir was sagen? Schön war´s und vor allem richtig war´s! Das einzige was wirklich gestört hat war, dass wir uns nach außen hin nicht mehr als nur gute Freundinnen präsentierten durften. Es war uns schon klar was das auslösen würde, wenn so etwas im Dorf bekannt würde. Meine Güte! Und deshalb waren wir auch so oft zu Hause bei mir oder bei der Klara, da hatten wir unsere Ruhe und konnten unsere Zweisamkeit genießen. Also versteh´ mich jetzt nicht falsch, wir hätten ja nicht wild in der Öffentlichkeit rumgeknutscht oder so, aber ab und zu mal Händchen halten wäre schon schön gewesen, so wie es alle anderen in unserem Alter auch gemacht haben. Naja, war halt so und wir waren trotzdem glücklich. Glücklich - bis eines Tages mein Vater eher vom Feld nach Hause kam und uns zusammen erwischte. Wir hatten ihn nicht ins Haus kommen hören und er hatte ja immer die schlechte Angewohnheit, einfach so in mein Zimmer zu stürzen, wenn er sah, dass ich Besuch hatte."

"Oh."

Rosi, die den alten Moosleitner als ziemlich mürrischen und unfreundlichen Mann in Erinnerung hatte, ahnte nichts Gutes und war gespannt was nun folgen würde.

"Ja genau - oh. Es war furchtbar, glaub mir. Zuerst stand er wie angewurzelt im Türrahmen und blickte entsetzt auf uns zwei im Bett. Er sagte kein Wort, ging ins Zimmer, hob die Klamotten von der Klara auf, drückte sie ihr in die Hand und sagte ganz leise, sie solle in fünf Minuten verschwunden sein und sich nie wieder auf dem Hof blicken lassen. Dann schaute er mich an und meinte nur, in fünf Minuten käme er wieder, damit wir reden könnten. Dann drehte er sich um und ging hinaus. Klara und ich sahen uns voller Angst nur kurz an, redeten kein Wort. Sie zog sich an und verschwand. Bevor sie allerding ging, sagte sie noch, ich könne auf sie zählen, sie würde es ihren Eltern erzählen, die würden uns bestimmt helfen."

Die Bergers, die waren doch ursprünglich aus Berlin oder?"

"Genau. Waren nur wegen der Arbeit vom Vater bei uns gelandet, weil er einen hohen Posten bei uns in der Bank inne hatte. Und es stimmte schon, die waren schon immer etwas offener und moderner, darum waren sie ja als die komischen Städter verrufen."

Die Moosleitnerin machte eine Pause und hing wieder ihren Gedanken nach. Rosi ließ sie gewähren und als sie sah, wie sich Elviras Augen mit Tränen füllten, tat diese ihr auf einmal unendlich leid. Sie drückte kurz ihre Hand und ermunterte sie weiter zu sprechen. Sie hatte das Gefühl, dass es gut für die Moosleitnerin war, einmal alles raus zu lassen. Vielleicht wusste Georgina schon über alles Bescheid, ja wahrscheinlich sogar, aber trotzdem.

"Genau fünf Minuten später kam mein Vater wieder ins Zimmer. Er war ganz ruhig, leise, sagte kein Wort. Ich saß, mittlerweile auch wieder angezogen, auf meinem Bett und hatte furchtbare Angst. Er stelle sich vor mich hin, zog in aller Ruhe seinen Gürtel aus der Hose und fing an auf mich einzudreschen. Ich war so erschrocken, hielt nur die Hände über den Kopf um mein Gesicht zu schützen. Ich schrie und jammerte, er soll aufhören, aber er sagte kein Wort und drosch auf mich ein. Ich kann dir nicht sagen, wie lange es gedauert hat. Angefühlt hat es sich, als würde er nie wieder aufhören und mich zu Tode prügeln. Irgendwann hörte ich dann die Stimme meiner Mutter, die auf ihn einschrie, was denn los sei und er solle doch um Gottes Willen von mir ablassen. Kurz darauf kam er wohl zur Besinnung und hörte auf. Ich lag da, von oben bis unten voller Blut, Striemen, Schmerzen... Meine Mutter sah entsetzt auf mich herab, als mein Vater erzählte was er entdeckt hatte. Tja, was soll ich sagen, ab dem Zeitpunkt, als ich die Stimme meiner Mutter gehört hatte, glaubte ich, dass alles gut sei, sie würde mir helfen. Und weißt du was sie gemacht hat? Sie sah von meinem Vater zu mir und zurück und fragte noch einmal mit leiser Stimme meinen Vater, ob das auch wahr sei. Er bestätigte es und im nächsten Moment drosch sie mit Geschrei auf mich ein. Ich sei ein widerliches, abartiges Luder, eine Schande für die Familie und dass sie mir diese ekelhafte, abnorme Sucht schon austreiben würde."

Die letzten Worte hatte die Moosleitnerin nur mit Mühe und unter heftigen Schluchzen hervorgebracht. Jetzt saß sie vorn übergebeugt da, die Ellbogen auf den Knien und ließ leise ihren Tränen den Lauf. Rosi hatte ihren Arm um ihre bebenden Schultern gelegt und ließ sie gewähren. Gleichzeitig versuchte sie, dass eben gehörte einzusortieren. Das war so unglaublich! Und das Schlimmste war, dass keiner auch nur irgendetwas davon mitbekommen hatte. Da wurde ein Teenager halb tot geprügelt und ... ja und was? Wie konnte das denn sein? Sie hatte doch bestimmt einen Arzt gebraucht? Rosi sprach den Gendanken dann auch leise aus:

"Ja sag einmal, hast du da keinen Arzt gebraucht? Ich mein....so wie sich das anhört, mein Gott Moosl.., Elvira, des ist furchtbar."

"Ts, Arzt! Freilich is einer gekommen. Sogar noch am selben Nachmittag, stell dir vor. Und was glaubst wer des war? Der alte Weller, der meinen Vater schon als Bub behandelt hat...."

Sie hing wieder kurz ihren Gedanken nach und sortierte die Ereignisse von damals.

"Ich weiß gar nicht, wie und was da alles danach passiert ist. Scheinbar hab ich eine Zeit lang das Bewusstsein verloren. Als ich wieder zu mir gekommen bin, stand der Doktor vor meinem Bett, welches frisch bezogen war. Ich fühlte, dass ich gewaschen war und einen frischen Schlafanzug an hatte. Mein Vater faselte etwas von einem Unfall im Heustadl, von der Leiter gefallen oder so, ganz genau hab ich das alles gar nicht gehört, da sich mein Kopf wie ein Vakuum anfühlte. Naja, der alte Weller untersuchte mich mit keiner Regung im Gesicht. Er hat garantiert all die Striemen gesehen. Auch hat er mich komplett abgetastet um meinem Vater zu bestätigen, dass wohl nichts gebrochen sei, jedoch bestimmt einige Rippen gestaucht oder geprellt waren. Und auch eine Gehirnerschütterung wollte er nicht ausschließen. Er machte den Vorschlag, mich doch lieber ins Krankenhaus zu bringen, um sicher zu gehen, dass er nichts übersehen hat. Das kam natürlich überhaupt nicht in Frage, kannst dir ja vorstellen. Mein Vater erklärte ihm, er vertraue ihm und er würde das schon machen. Ich sei ja wohl nicht die Erste auf dem Land, die mal von der Leiter gefallen sei. Der Doktor blickte darauf hin kurz meinem Vater ins Gesicht und ging einfach wieder seiner Arbeit nach. Ich wurde eingeschmiert, verbunden, er schrieb Rezepte für Schmerzmittel aus und das war´s dann. In der ganzen Zeit, hatte mein Vater nicht einmal das Zimmer verlassen und alles genau beobachtet. Als alles soweit erledigt war, wurde er ganz geschäftig und sagte, dass in der Küche ein Schnäpschen auf den Doktor warte und der Rest auch gleich geregelt werden würde. Darauf hin ging er hinaus und bedeutete dem alten Weller ihm zu folgen. Der drehte sich noch einmal um, sah mir in die Augen und meinte leise mit tiefen Seufzen ´oh Mädel, ich wünschte ich könnte mehr für dich tun´."

"Waas? Er wünschte, er könnte mehr für dich tun?" Rosi konnte das Ganze schon wieder nicht glauben.

"Ja was meinst denn du? So war des doch schon immer, am besten nichts sehen, nichts hören und vor allem nichts wissen."

Rosi nickte beschämt, "ja so ist des. Traurig echt."

"Ja und das Schlimmste war dann, als am Abend der Herr Berger mit der Klara noch vorbei gekommen ist. Ich war wohl wieder eingeschlafen und bin dann von lauten Stimmen im Haus aufgewacht. Mein Vater hat geschrien und getobt. Dazwischen hörte ich immer wieder die besänftigende Stimme von dem Herrn Berger, der versuchte meinen Vater zu beruhigen und an seine Vernunft appellierte. Er meinte, dass das doch nichts Schlimmes sei und Teenager sich eben auch mal ausprobieren und finden müssen."

Elvira lachte kurz auf.

"Ausprobieren, finden müssen...kannst dir vorstellen, wie des auf meinen Vater gewirkt hat, als hätte jemand Öl ins Feuer gegossen. Er brüllte immer wieder, dass sie sofort seinen Hof verlassen sollten und sich auch nie wieder blicken lassen sollten, mit so abnormen Menschen wollten er und seine Familie nichts zu tun haben. Dazwischen konnte ich immer wieder das Schluchzen der Klara hören, die unbedingt nach mir sehen wollte. Mein Vater hat sie auch nur als Missgeburt angeschrien und schließlich beide aus dem Haus gejagt. Ich weiß noch, wie ich darauf hin ans Fenster bin, da sah ich wie mein Vater mit diabolischem Gesichtsausdruck auf den Herrn Berger einredete. Ich weiß nicht, was er ihm gesagt hat, auf alle Fälle wurde der Berger ganz weiß im Gesicht, presste die

Lippen zusammen, nahm die Klara in den Arm und verschwand vom Hof. Und aus meinem Leben."

"Ja ich weiß, die sind auf einmal ganz schnell wieder nach Berlin gezogen oder? Keiner wusste eigentlich so genau warum."

"Ich hab sie nie wieder gesehen."

Eine kleine Weile saßen sie wieder still nebeneinander im Treppenhaus. Dann fiel Rosi etwas ein.

"Des war vor den Sommerferien, stimmt´s? Jetzt weiß ich des wieder. Im Juli. In der Schule hatte man uns auch erzählt, dass du einen Unfall hattest und erst nach den Ferien wieder kommen würdest."

"Ja genau. So war des. Ich lag zwei Monate im Bett und wurde behandelt wie eine Gefangene. Ich bekam drei Mal am Tag mein Essen und zweimal in der Woche wurde ich von meiner Mutter gewaschen. Des war´s. Der Doktor kam nicht wieder und ich sah keinen anderen Menschen in der Zeit. Ich wäre fast verrückt geworden, des sag ich dir."

"Mensch, und wir haben unsere Sommerferien genossen mit Baden, Kino und dem ganzen anderen unwichtigen Scheiß! Mei Elvira, mir tut des so leid. Ich komm mir grad so blöd vor, richtig mies, echt."

"Ach lass gut sein, ihr wart doch auch nur Teenies."

"Ja schon, aber trotzdem....." und Rosi überlegte weiter, "aber wie hast du dann, ich mein, wie war des dann mit dem Franz? Wenn du doch auf Frauen ....also...stehst?"

"Des hab ich wieder, wen wundert´s, dem Vater zu verdanken. Nach der ganzen Aktion wurde ich ja so kurz wie möglich gehalten, um nur ja nicht wieder in so eine Abartigkeit zu kommen. Ich ging weiter zu Schule und an den Nachmittagen und den Wochenenden musste ich bei uns schuften. Ich durfte keine Ausbildung machen, weil ja der Hof da war und somit genug Arbeit und damit das Auskommen für mich. So haben sie es mir immer gesagt, wenn ich darum gebettelt habe, eine Lehre machen zu dürfen. Und einen Tag nach meinem 18. Geburtstag wurde mir in unserer Küche der Franz präsentiert, als mein zukünftiger Ehemann. 1 Jahre älter als ich, unsympathisch und mit einem widerlichen, berechnenden Lächeln im Gesicht. Und du wirst es nicht glauben, der dazugehörige Vertrag war gleich mit dabei."

"Was für ein Vertrag?"

"Das ich den Franz heiraten muss, da ich nur in Verbindung mit der Hochzeit auf dem Hof bleiben kann und immer versorgt bin. Scheidung ausgeschlossen, denn dann würde aller Grund und Besitz an ihn fallen. Um die Eltern hätte ich mich natürlich auch bis zu deren Tode zu kümmern. Fertig. Ich hatte die Wahl, entweder unterschreiben, oder mit nichts dastehen."

"Des gibt´s doch alles gar ned, des is ja wie in einem schlechten Film. Wer hat denn den Vertrag aufgesetzt, ich mein war der gültig?"

"Freilich, des war ein waschechter Notarvertrag mit allem was dazu gehört und dreimal darfst raten, wer der Notar war?"

Rosi zuckte kurz mit den Schultern. Doch dann dämmerte ihr, dass der Bruder vom Doktor Weller doch irgendeine Art von Kanzlei hatte.

"Dem Weller sein Bruder?"

"Genau der. Und der war damals auch in der Küche dabei, hat mich nicht einmal angesehen, nur die

Unterschriften eingefordert, ein Kuvert vom Vater eingeschoben und war dann wieder verschwunden. Auch den hab ich nie mehr gesehen. Ja und was hätte ich denn machen sollen mit gerade mal 18 Jahren, ohne Ausbildung, ohne Geld? So hab ich unterschrieben und mein Plan war, das Ganze erst einmal mitzuspielen, irgendwann würde sich für mich bestimmt eine Gelegenheit ergeben, wie ich aus dieser Misere rauskomme. Aber so einfach wie ich dachte war das leider nicht. Mein lieber Herr Vater hat den Franz auch noch als Vormund für mich eintragen lassen, sodass ich nicht mehr geschäftsfähig war und so konnte ich natürlich auch nichts, aber auch gar nichts was mein Leben betraf, selbst entscheiden. Tja, da saß ich dann, allein mit der ganzen Bande auf dem Hof, musste alles alleine machen, einzig zum einkaufen wurde ich gefahren, hab ja bis heute noch keinen Führerschein."

Plötzlich musste sie lachen, "und ich glaub´ auch nicht, dass ich den hier in Rom machen werde, da ist ja das Leben als Fußgänger manchmal schon gefährlich."

"Also jetzt wart´ mal. Als Vormund? Ja geht denn des so einfach? Ich mein, das muss doch beim Gericht gemacht werden oder? Ich kenn´ mich da nicht so aus, aber..."

"Du weißt doch wie des ist, als Großgrundbesitzer hat der Vater alle wichtigen Leut´ gekannt und somit genau gewusst, wen er alles bestechen muss."

Sie schaute zu Rosi und erzählte weiter:

"So verging dann Jahr um Jahr, der Franz ging immer schön ins Wirtshaus zu seiner Apfelschorle, um den

braven Mann vorzutäuschen, während er daheim immer seinen Schnaps gesoffen hat.
Als dann der Vater endlich gestorben war und ich die Mutter dann ins Pflegeheim geben konnte, wurde es ein bisschen leichter."

Sie schaute in das peinlich berührte Gesicht der Rosi.

"Und wir haben geglaubt, was du für eine herzlose Tochter bist, einfach so die Mutter abschieben. Aber wenn man des jetzt alles weiß..."

"Mhm. Und ich hab sie nicht einmal mehr besucht und soll ich dir noch was sagen, es war mir egal, es hat mir nichts ausgemacht. Mein einziger Lichtblick war dann, als der Herr Pfarrer eine Hauswirtschafterin gesucht hat und bei mir angefragt hat, ob ich die Stelle annehmen wolle. Er ist damals extra zu uns auf den Hof gekommen. Ich hab natürlich gleich zugesagt und der Franz traute sich vor dem Pfarrer nicht zu widersprechen. Ich glaub auch ganz ehrlich, dass der Herr Pfarrer mehr wusste oder ahnte, was bei uns los war. An jenem Tag nahm er den Franz noch kurz zur Seite und sprach leise und eindringlich auf ihn ein. Ich verstand nicht was er sagte, aber von meinem sogenannten Mann kam nie ein böses Wort, wenn es um meine Arbeit im Pfarrhaus ging. Und ich bin ja oft länger geblieben als nötig war, nur damit ich nicht heim musste.

Tja so war mein Leben dann, tagein, tagaus immer der gleiche Trott, manchmal hatte ich das Gefühl dass ich nur noch existierte und wusste oft gar nicht warum oder für wen eigentlich. Und glaub mir, ich hab oft daran gedacht Schluss zu machen, aber irgendwie hielt mich die Vorstellung, was der Herr Pfarrer denn dann von mir denken würde davon ab. Komisch nicht? Wahrscheinlich war des Schicksal, dass er mich zu sich geholt hat, sonst wär´ ich vermutlich gar nimmer da. Ja und dann kam das große Fest bei uns, vor zwei Jahren, mit der Partnerstadt usw.."

"Und die Georgina."

"Und die Georgina. Genau. Wir haben uns gesehen und sofort gemerkt, dass wir zusammen gehören, auch wenn sich das jetzt blöd anhört. Anfangs haben wir uns beide noch dagegen gewehrt, weil des alles so..so.. so überraschend kam, wir kannten uns ja nicht mal, aber was soll ich sagen, wenn man füreinander bestimmt ist, dann gelten halt andere Gesetze."

Und mit einem Mal lächelte die Moosleitnerin. Ein Lächeln, wie Rosi es noch nie an ihr gesehen hatte. Richtig schön sah sie aus, die Elvira. Glücklich.

Na ja lange Rede kurzer Sinn, wir haben in den paar Tagen viel, sehr viel geredet, ich bin immer extra lange geblieben, damit wir Zeit hatten. Die Georgina kennt meine ganze Geschichte. Und sie hat immer gesagt, dass wir einen Weg finden werden. Sie hat an uns geglaubt. Wir haben in den letzten Jahren immer viel telefoniert, weißt. Immer wenn der Herr Pfarrer am Vormittag unterwegs war, hab ich bei ihr kurz durch läuten lassen und sie hat mich dann im Pfarrhaus zurückgerufen, wegen der Kosten. So ist es nicht aufgefallen, dass ich ständig mit Italien telefoniert habe."

"Ja aber, jetzt muss ich schon mal fragen, warum bist denn dann nicht schon eher zur Georgina gefahren? Ich mein, daheim hält dich doch eh nichts mehr oder?"

Rosi überlegte kurz, "ach so, der Hof. Ist ja doch irgendwie der deinige oder?"

"Ach der Hof, der interessiert mich schon lange nicht mehr. Was hab ich denn davon? Außer Arbeit und viel Leid sind da keine schönen Erinnerungen mehr. Was mich davon abgehalten hat? Mein Ausweis!"

Rosi runzelte verwirrt die Stirn, "dein Ausweis?"

"Ja mein Ausweis. Du glaubst doch ned im Ernst, dass ich freien Zugang zu meinen Papieren hatte? Der ist ja nicht ganz blöd. Und nachdem er ja mein Vormund war, konnte ich auch alleine keinen neuen beantragen."

"Also geh, des gibt´s doch jetzt ned..."

"Und wie. Ich hatte und habe bis heute keine Ahnung, wo er die Sachen versteckt hat, aber als der Herr Pfarrer zu uns nach Hause kam und von der Fahrt nach Rom berichtete, zu der er mich mitnehmen wollte, da konnte der Franz ned anders, ohne Ausweis ging´s ja nicht und die Vorstellung, was der Herr Pfarrer und alle anderen von ihm denken würden, wenn etwas von den Geschehnissen am Hof ans Licht käme, die behagte ihm bestimmt nicht. Nicht nach dem er all die Jahre den braven Ehemann gegeben hatte. So bekam ich meinen Ausweis und konnte endlich los fahren."

"Mhm."

"Genau."

"Ja aber, ich mein, wie geht´s denn jetzt weiter mit dir? Mit euch?"

Wieder lächelte die Moosleitnerin ihr neues, schönes Lächeln, "des wissen wir schon lange, glaub mir. Die Georgina hat eine kleine Trattoria und wollte schon immer etwas vergrößern. Also hab ich schon mal eine

Arbeit, ein Dach übern Kopf und endlich die Partnerin in meinem Leben, die zu mir gehört und mit der ich glücklich bin. Den Rest, wegen der Papiere und die blöde Vormundschaft.....ja, da lege ich noch große Hoffnungen in den Herrn Pfarrer. Meinst dass der das für mich evtl. regeln würde, daheim bei euch?"

"Bestimmt. Und eines sag ich dir, was er nicht regelt, des mach dann ich für dich!"

"Ach lass´..."

"Nein, Moos.., ich mein Elvira, des is mein voller Ernst."

In diesem Moment ging eine Wohnungstüre auf, die beiden Damen auf der Treppe drehten sich um und blickten geradewegs in das erstaunte Gesicht von Hilde, die einen kurzen Moment benötigte, um das Bild, welches sich ihr darbot, einzuordnen.

"Ja hö, die Moosleitnerin? Wo kommst denn du jetzt auf einmal her, ha?"

Hinter ihr kam das Gesicht von Edeltraud zum Vorschein, die über die Schulter der Hilde ebenfalls ganz erstaunt in den Hausflur blickte.

"Schau, schau, das verlorene Schaf", grinste Hilde weiter.

Für Rosi war das der Zeitpunkt um einzugreifen. Erst jetzt merkte sie, wie furchtbar das alles in den ganzen Jahren für die Moosleitnerin gewesen sein muss. Ständig den Anfeindungen und blöden Sprüchen der Anderen ausgesetzt zu sein und das bei der Leidensgeschichte. Sie kam sich so schäbig vor.

Sie drückte kurz deren Arm und sah ihr in die Augen.

"Entschuldige."
"......"
"Ich wünsch dir alles Gute, wirklich."
"Danke."
Die Moosleitnerin erhob sich, schaute noch einmal in die verdatterten Gesichter von Hilde und Edeltraud und sperrte dann die Wohnungstüre von Georgina auf. Diese kam ihr auch gleich entgegen und fragte ob alles in Ordnung sei. Die Moosleitnerin erklärte ihr, dass es nie besser war und wollte schon die Türe schließen, als Rosi sie noch einmal ansprach:
"Steht dir gut, dein neues Ich."
Elvira nickte und schloss die Tür.

"Dein neues Ich? Was war denn des jetzt, sag einmal?"
Hilde war noch ganz verwirrt von dem ganzen Schauspiel, dessen Zeuge sie gerade geworden war. "Wer is denn des da drüben und wieso is da die Moosleitnerin?"
"Ja genau", wollte auch die Edeltraud wissen.
Rosi versuchte die beiden sanft in die Wohnung zurück zu drängen und erklärte ihnen, dass das eine lange Geschichte sei.
"Wie lange Geschichte? Ja dann fang mal an zu erzählen, wir haben Zeit. Und überhaupt, wie lang seits denn scho da draußen gehockt? Du und deine neue Freundin, ha?"
Hilde zeichnete mit den Fingern Gänsefüßchen in die Luft und war richtig angefressen.

Jetzt schob Rosi die beiden endgültig in die Wohnung zurück. Unter wildem Geschimpfe und Gezeter stolperten die drei ins Wohnzimmer.

"He spinnst du?"

"Jetzt schubs mi doch ned so", auch Edeltraud wurde langsam sauer.

Rosi stellte sich vor die beiden hin und erklärte ihnen kurz, dass ab sofort keiner mehr schlecht über die Elvira zu sprechen hätte. Weiter erzählte sie in Kurzform, was sie soeben selbst alles erst erfahren hatte. Nach einer Viertelstunde war sie mit ihrem Bericht fertig und sah in genauso ungläubige und beschämte Gesichter, wie ihr eigenes vorhin auf der Treppe auch ausgesehen haben musste. Hilde und Edeltraud waren geschockt und konnten es nicht fassen.

Von der Couch war ein leises Wimmern zu hören. Die drei drehten sich um und sahen, dass die Jungs mittlerweile auch wach waren.

"Mama mia, wasse füre eine traurige Geschichte", schluchzte Luigi an der Schulter von Maurice in ein Taschentuch. Sein Freund tätschelte ihm die Schulter und verdrehte leicht die Augen in Richtung der Damen.

"Dasse ich nicht gewusst habe, und dabei ich kenne Georgina schon so lange, verstehe. Oh, oh, oh, aber ich verspreche, ich werde weiter sein gute Freud, wie immer, si? Ich helfe, wenn mich brauchen."

"Des is ganz lieb von dir, Luigi", bedankte sich Rosi.

Dann blickte sie auf die Uhr und ermahnte die anderen, dass es allmählich Zeit würde, ihre Sachen zu packen,

noch etwas Ordnung zu schaffen um dann zum Bus gebracht zu werden.
Darauf hin erfüllte eine hektische Betriebsamkeit die Wohnung. Die Mädels brachten das Schlafzimmer wieder auf Vordermann und die Jungs machten das Wohnzimmer wieder wohntauglich. Sie räumten auf, rückten die Möbel zu Recht und lüfteten einmal ordentlich durch. Einzig Luigi rannte wie ein planloses Huhn durch die Gegend, wimmerte ab und zu ob der Tragödie von gegenüber oder ließ ein theatralisches Mama mia fallen. Erst glaubte Rosi, er wolle sich ein bisschen vorm aufräumen drücken, aber als sie ihn etwas länger beobachtete, wie er da Gegenstände von einem ins andere Eck schob und dann wieder heimlich ein Taschentuch für sich holte, tat er ihr fast ein bisschen leid. Kopfschüttelnd und mit einem warmen Lächeln dachte sie nur, was für ein komischer Kautz das war. Aber ein lieber. Ja, ein sehr lieber Kautz, der sein Herz am rechten Fleck hatte. Sie war überzeugt davon, dass er sich um die beiden Damen bestens kümmern würde. Und kurz hielt Rosi von ihrer Arbeiten inne und dachte an die Moosleitnerin. Jetzt waren es für sie schon zwei Freunde hier in Rom. So viele hatte sie die ganzen letzten Jahre zu Hause nicht gehabt. Ja, hier würde es ihr gut gehen. Und sie hatte es verdient. Rosi spürte, wie sie das schlechte Gewissen wieder einzuholen drohte und wuselte gleich drauf wieder geschäftig zu Hilde in die Küche, um sich abzulenken.

Kapitel 21

Die Jungs und Mädels nahmen Aufstellung an der Garderobe von Luigi. Die Damen kontrollierten noch einmal, ob sie denn auch alles dabei hätten, dann zogen alle ihre Jacken über, um nach unten zu gehen.
Edeltraud war die erste und fiel fast über die Mülltüte, die Rosi eigentlich hatte entsorgen wollen und die immer noch im Treppenhaus stand. Sie schnappte sich das Teil und ging nach unten. Gefolgt von Hilde, Peer und Maurice. Rosi war die Vorletzte und drehte sich nach Luigi um, der irgendwie keine Anstalten machte mitzukommen. Als sie ihn darauf ansprach, erklärte er, dass er überlege, ob es nicht besser war, dass wenigstens einer von ihnen hier bliebe, nur für den Fall, dass die beiden Damen von gegenüber Hilfe bräuchten. Sie nahm ihn bei der Hand und erklärte ihm, dass die beiden das schon alleine schaffen würden. Gerade jetzt, wo sie doch endlich zusammen waren und ihre Zukunft planen könnten. Und weiter meinte sie, dass sie sich ebenso sicher war, dass sie, wenn sie Probleme hätten, bestimmt auf ihn zukommen würden. Schließlich kannte die Georgina ihn doch schon so lange.
Noch nicht ganz überzeugt ließ sich Luigi trotzdem von Rosi mitziehen und schloss die Türe ab. Er wollte gerade zur Treppe, als Georgina die Wohnungstüre öffnete. Wie vom Blitz getroffen blieb Luigi stehen.

In einem rasanten italienisch redete sie auf ihn ein. Rosi verstand natürlich kein Wort und wartete geduldig an der Treppe. Als Luigi mit heftigem Kopfschütteln und einem fröhlichen Lachen immer wieder si, si, bene, sagte wusste sie, dass alles gut war und sie nun endlich gehen konnten. Sie schaute noch einmal kurz zu Georgina, welche ihrerseits den Blick auf Rosi geheftet hatte.
"Gute Heimreise."
"Danke."

Luigi schwebte die Treppen hinunter und erklärte im Hof gleich in Richtung Peer und Maurice, dass sie am Abend bei Georgina und Elvira zum Abendessen eingeladen waren, da diese etwas zu feiern hatten.
Rosi lächelte. Na also.

Sie stiegen alle in den Kleinbus und als sie los fuhren, blickte Rosi noch einmal aus dem Auto zum Haus und sah die Moosleitnerin am Fenster stehen, wie sie ihnen nachblickte. Sie sahen sich ein letztes Mal in die Augen. Keine Regung, kein Nicken. Es war auch nicht mehr nötig. Es war alles gesagt.

Als sie kurze Zeit später am Parkplatz ankamen, herrschte am Reisebus schon reges Treiben. Schlafsäcke wurden verstaut, Klorollen getauscht und manche kamen schon wieder direkt aus den Büschen...

Peer brachte ihr Fahrzeug etwas abseits zum stehen und sie verstauten erst einmal die Reisetaschen wieder im Bus.

Frau Küberlinger kam auf sie zu und bedankte sich noch einmal recht herzlich bei Luigi für dessen Gastfreundschaft am Vortag und hieß die drei Vermissten herzlich willkommen.

"Aha." kam es von Hilde.

"Ah, da sind ja unsere Abtrünnigen", grinste der Herr Pfarrer, der um den Bus herum auf sie zukam.

"Verzeihen sie bitte den Ausdruck, aber irgendwie geht es mit uns allen etwas durch, an diesem Morgen."

Und schelmisch grinsend meinte er noch, "ist wahrscheinlich die Vorfreude auf die Heimfahrt."

"Apropos Heimfahrt, da muss ich ihnen noch kurz etwas erklären, Herr Pfarrer, " sagte Rosi und hackte den Geistlichen unter um ein paar Schritte mit ihm zu gehen.

Während dessen verabschiedeten sich Hilde und Edeltraud von den drei Männern. Es wurden viele Küsschen ausgetauscht und sogar das ein oder andere Tränchen floss, angesichts der unglaublichen Ereignisse, die sie die letzten zwei Tage erlebt hatten.

Luigi machte im Bus noch eine Runde, um sich von allen persönlich zu verabschieden und allen zu beteuern, wenn sie denn wieder einmal nach Rom kommen würden, dass er immer ein Plätzchen zum schlafen für sie hätte.

Rosi kam mit dem Herrn Pfarrer zurück. Er hatte nicht viel gesprochen, seit sie ihm in kurzen Sätzen erklärt hatte, dass die Moosleitnerin nicht wieder mit nach

Hause kam. Vielmehr hatte Rosi den Eindruck, dass er gar nicht so überrascht darüber war. Sie blieben kurz vor dem Bus stehen. Der Herr Pfarrer blickte allwissend über den Rand seiner Brille in das Gesicht von Rosi und meinte nur leise:

"Dann kann ich heute vielleicht drei Seelen glücklich machen."

"Was?"

"Entschuldigen sie mich bitte, liebe Rosi, ich muss kurz mal etwas besprechen."

Und schon war er im Bus verschwunden.

Rosi hatte gar keine Zeit um sich zu wundern, da Peer schon neben ihr stand um sich zu verabschieden. Er nahm sie noch einmal fest in seine Arme und beteuerte ihr, dass er sie nie vergessen würde und wenn Gott es wollte, dann würden sie sich eines Tages wieder sehen. Rosi blickte in seine schönen Augen und wusste, dass er es aufrichtig meinte. Wie schön. Auch sie würde ihn nie vergessen.

Maurice und Luigi drückten sie ebenfalls herzlich zum Abschied und machten sich dann wieder auf den Weg, sie wollten keine langen Abschiedsszenen - und es war gut so. Mittlerweile waren Hilde und Edeltraud auch bei Rosi und winkten dem Kleinbus hinterher.

"Tja, des war´s jetzt, unser Abenteuer, " meinte Edeltraud leicht traurig

"Ja, des war´s. Wird mir schon a bisserl fehlen, der kleine Bus", stimmte Rosi zu.

Auch Hilde war in sentimentaler Stimmung, "jah."

"Ich hoff´ bloß, ihr habt´s die Burschen wenigstens ordentlich rangenommen, so gut wie die ausgeschaut haben."

Erschrocken drehten sich die drei um. Da stand Hannelore mit einem Schlafsack in der Hand, den sie gerade noch im Bus verstaute. Sie richtete sich wieder auf, ging an den Mädels vorbei und meinte kokett zwinkernd:

"Ich jedenfalls hätte mir mindestens einen von denen geschnappt!"

Ein paar Sekunden lang konnte sich keiner von den dreien bewegen. Sie sahen sich nur an und dann brach es zeitgleich aus allen heraus:

"Was?"
"Wie?"
"Nein oder?"
"Des is jetzt ned wahr?"
"Woher weiß die des?
"Die weiß nix."

Schließlich beruhigten sie sich wieder und kamen gemeinsam zu dem Entschluss, dass die Hannelore das nicht wissen konnte und bestimmt nur eine Vermutung ausgesprochen hat. Ja, so musste es sein. Oder war es doch so offensichtlich gewesen? Sah man es ihnen an?

Sie blieben noch kurz stehen um ihre beschleunigten Herzschläge wieder in den Griff zu bekommen und dann stiegen sie endlich in den Bus ein.

Vorne saß der Herr Pfarrer und war in ein, wie es schien, recht angeregtes Gespräch mit der Küberlinger und dem Erwin vertieft.

Die drei ließen sich auf den Plätzen nieder, die sie schon auf der Hinfahrt belegt hatten. Hilde ließ sich in ihren Sitz plumpsen und meinte, dass sie bis Landshut nicht mehr aus dem Bus steigen würde. Noch einmal zu trampen würde sie jetzt garantiert nicht mehr schaffen. Rosi und Edeltraud mussten lachen und meinten zustimmend, wenn sie denn eine Bieselpause bräuchten - und die würden sie bestimmt brauchen, war ja eine lange Fahrt - dann gingen sie nur mit dem Küberl gemeinsam aufs Klo, denn ohne die würde der Bus ja garantiert nicht abfahren.

Der Bus rollte langsam vom Parkplatz in Richtung Straße und das Mirko begann zu rauschen. Frau Küberlinger machte eine Ansage:
"Also liebe Fahrgäste. Nach diesen turbulenten zwei Tagen mit vielen Ereignissen, möchte ich mich im Namen von Erwin und mir bei ihnen allen noch einmal für die Unannehmlichkeiten recht herzlich entschuldigen. Mittlerweile wissen sie ja bereits, warum und wieso das alles so passiert ist. Ich hoffe sie sehen es uns beiden nach. Wir werden ihnen auch, wie bereits gestern Abend besprochen, bei den ganzen Klagen helfen und als Zeugen oder was auch immer zur Seite stehen, damit sie wenigstens wieder alle ihr Geld zurück bekommen. Das ist das Mindeste was wir für sie tun können."

Die Gäste klatschen anerkennend.

"Ja und da wir ja nun nicht mehr auf unseren Chef angewiesen sind, werden wir alles aufdecken, was da in letzter Zeit so gelaufen ist. Glauben sie mir." Sie grinste glücklich zum Herrn Pfarrer.

"Vielleicht noch für sie zur Erklärung. Der Herr Pfarrer war so gütig und hat den Erwin und mich in seine Dienste gestellt. Soll heißen, ich bin ab sofort seine neue Hauswirtschafterin und der Erwin kümmert sich um die ganzen Hausmeistertätigkeiten."

Dankbar schenkte sie dem Geistlichen ein warmes Lächeln.

Wieder klatschten alle begeistert in die Hände.

"Ja, dann wünsche ich uns allen eine ruhige Heimreise ohne weitere Zwischenfälle und den ein oder anderen werde ich ja bestimmt mal in der Kirche sehen."

Sie umarmte noch kurz den Herrn Pfarrer, ehe der sich nach hinten aufmachte um seinen Platz aufzusuchen. Hilde rückte sofort ans Fenster, damit er wieder neben ihr sitzen konnte. Was soll´s. War er doch schon einmal auf ihr eingeschlafen.

Er setzte sich dankbar und lächelte Rosi an.

Diese überlegte kurz ob sie ihre Vermutung aussprechen sollte und tat es:

"So haben sie das mit den drei Seelen also gemeint. Der Moosleitnerin geht´s gut und die Küberlinger und der Erwin sind auch wieder gut versorgt. Schön. Aber Sie scheinen gar nicht so überrascht gewesen wegen der Moosleitnerin, kann des sein?"

"Man kennt halt seine Schäfchen. Manche mehr und manche besser." Dabei blickte er ihr wieder tief in die Augen, als ob er wüsste....nein das konnte nicht sein...oder?

"Ich freue mich für die liebe Frau Moosleitner, dass sie nun endlich ihren Seelenfrieden zu finden scheint."

"Ja und stört sie des gar nicht, dass sie mit, mit also mit einer Frau...sie wissen schon."

"Ach stören, wissen sie liebe Rosi, ob es mich stört, tut hier gar nichts zur Sache. Vor dem Herrn- und zwar nur vor dem - müssen wir uns alle irgendwann einmal rechtfertigen und Buse tun. Und meiner Meinung nach hat die liebe Elvira genug Buse in ihrem Leben geleistet. Jetzt darf und soll sie die Zeit genießen. Und besser hier in Rom als bei uns zu Hause. Denn das würde bestimmt nicht gut gehen. Und wieder einmal bestätigt sich, Gottes Wege sind unergründlich, nicht wahr?"

Rosi waren die Tränen in die Augen gestiegen.

"Des haben´s jetzt schön gesagt.

"Ja", lachte er auf einmal, "wenn ich bedenke, dass sie ihre "Sache" da jetzt direkt vor den Augen des Vatikans abzieht, dann ist das schon ein bisschen Ironie was?"

Auch Rosi musste lachen, "ja und wissen sie was, wenn mal wieder ein Papst gesucht wird, dann sollten sie sich dafür bewerben. Sie sind echt ein guter Mensch Herr Pfarrer."

"Ach du liebe Güte", er schüttelte sich nun vor Lachen, "ich glaube ich wäre der erste Papst, der wieder abgewählt werden würde, und zwar von den Kardinälen, nicht vom Volk.

Während der Heimreise

Ruhig saßen Rosi, Hilde und Edeltraud im Bus. Jede hing ihren eigenen Gedanken nach.
Das Thema mit dem Fremdgehen beschäftigte sie nun doch mehr, als sie dachten.

Edeltraud bekam furchtbare Angst, dass sie vielleicht ihre Ehe mit dieser Dummheit zerstört hatte. Obwohl ihr Georg ja noch gar nichts wusste. Wie sollte sie sich nur verhalten? Einfach nichts sagen? Konnte sie das mit ihrem Gewissen vereinbaren?

Hilde beruhigte sich mit dem Spruch -was er nicht weiß, macht ihn nicht heiß - und schob einfach alle schlechten Gedanken und Ängste weg. Wird schon gut gehen. Fertig.

Rosi war schwer mit dem Gedanken beschäftigt, warum es überhaupt so weit gekommen war, trotz Wein und Joint. War am Ende mit ihrer Beziehung etwas nicht in Ordnung?

Kurz vor der Ankunft in Landshut richtete der Herr Pfarrer das Wort noch einmal an alle Drei.
  "Sie wissen ja, dass ich in Notfällen zu jeder Tages- und Nachtzeit die Beichte abnehme."
  "Was?"

"Wie?"
"Wieso?"
Hochwürden blickte ihnen intensiv in die Augen und meinte mit einem warmen Lächeln:
"Manchmal hilft es schon über ein Problem zu sprechen, um dann die Lösung zu erhalten."

Und jetzt war sich Rosi ganz sicher! Da saß der Echte, der Richtige, der wahrhaftige Vertreter vom lieben Gott!

Zwei Wochen später

Hannelore war mittlerweile in und um Rimmshausen zur lokalen Berühmtheit aufgestiegen.

Gleich nach ihrer Ankunft zu Hause hatte sie ihre Fotos entwickeln lassen und das "Selfie" vom Petersplatz vervielfältigt und an alle ihre Bekannten geschickt.

Obwohl sie schon sehr gerne den Spruch "Ist es das, was ihr wollt?" darunter geschrieben hätte, musste sie doch der Maria Recht geben, dass dieser einfach nicht gepasst hätte.

So überlegte sie sich folgenden:

Alles doch nur Mythos?
Weit und breit gab´s keine heißen Chicos!

Und wie es der Zufall wollte, hatte ein hiesiger Reporter das Foto irgendwie in seine Hände bekommen und eine große Story daraus gemacht. Die ganze Geschichte von der irrwitzigen Busfahrt, dem Abschied von Papst Benedict XVI und der Vorliebe von Hannelore die jungen Männer betreffend kam samt Foto von ihr aufs Titelblatt der lokalen Landkreiszeitung.

Wer hätte das gedacht, da hat ihr die Mistmatz doch tatsächlich noch zu Berühmtheit verholfen....

Einen Monat später

Hilde, Rosi und Edeltraud haben ihr Vorhaben gleich umgesetzt und einen Kurztrip nach London gebucht. Allerdings haben sie dieses Mal, nach ihren schlechten Erfahrungen, auf ein Reisebüro verzichtet, weil:
 Selbst ist die Frau!

So haben sie einige Tage im Internet gesucht, recherchiert und schließlich für Oktober gebucht:

Vier Tage London
Hotel und Flug pro Person 319,- Euro.

Perfekt!

Die Vorfreude war schon wieder riesengroß…

Ich habe zwei Jahre gebraucht um dieses Buch zu schreiben. Fast ein Jahr lang davon lag es unberührt in den Tiefen meines Laptops - bedingt durch persönliche Umstände. Umso mehr freue ich mich, dass ich es geschafft habe, meinen Traum vom eigenen Buch endlich zu verwirklichen.

Mein Dank geht in erster Linie an den Autoren Dietmar Dressel, in dessen Kurs ich im Jahre 2013 auf die Idee zu dieser Geschichte erst gekommen bin. Auch stand er mir kurz vor Veröffentlichung dieses Buches mit seiner Erfahrung als Autor zur Seite.
Danke nochmal dafür.

Ein herzliches Dankeschön möchte ich auch meiner Freundin und "Probeleserin" Gaby sagen. Sie hat immer an mich und mein Buch geglaubt!

Und ein ganz großes Dankeschön geht an alle Leser, die dieses Buch gekauft haben!
Ich hoffe, ich konnte Ihnen ein wenig Lesevergnügen bereiten und Sie vielleicht sogar das ein oder andere Mal zum Lächeln oder zum Lachen bringen.

Denn nichts ist schöner als herzhaft zu lachen!

Die Autorin

Cornelia Reichert, Jahrgang 1969, lebt mit ihren Kindern in der Nähe von Landshut.
Für die gelernte Sekretärin ist Lesen eine große Leidenschaft. Sie liebt viele Arten von Büchern, aber vor allen Dingen Geschichten die in Mundart geschrieben sind.